चार आँखों का खेल
(उपन्यास)

चार आँखों का खेल

बिमल मित्र

लोकभारती प्रकाशन
पहली मंजिल, दरबारी बिल्डिंग, महात्मा गांधी मार्ग, इलाहाबाद-1

लोकभारती प्रकाशन
पहली मंजिल, दरबारी बिल्डिंग, महात्मा गांधी मार्ग
इलाहाबाद-211 001
वेबसाइट : www.lokbhartiprakashan.com
ईमेल : info@lokbhartiprakashan.com
शाखाएँ : 1-बी, नेताजी सुभाष मार्ग, दरियागंज
नई दिल्ली-110 002
अशोक राजपथ, साइंस कॉलेज के सामने
पटना-800 006 (बिहार)

संस्करण : 2013

मूल्य : ₹ 195

आवरण : लोकभारती स्टूडियो

इण्डियन प्रेस प्राइवेट लिमिटेड
36, पन्नालाल रोड
इलाहाबाद-211002 द्वारा मुद्रित

CHAAR AANKHON KA KHEL
by Bimal Mitra

ISBN : 978-81-8031-529-9

अगर भविष्य के बारे में मनुष्य अन्धा न होता तो दुनिया में रहना एकदम बेमजा हो जाता। भावी विपत्ति की सम्भावना निश्चित जानकर कोई किसी तरह के सुख के पीछे नहीं भागता। मिल्टन अगर जानते कि वे अन्धे हो जायेंगे तो कभी विद्याध्यन नहीं करते। शाहजहाँ अगर जानते कि औरंगजेब उन्हें बुढ़ापे में कैदखाने में डाल देंगे तो वे कभी दिल्ली की गद्दी नहीं छूते। भास्कराचार्य अगर जानते कि उनकी इकलौती बेटी विधवा हो जायेगी तो वे कभी विवाह नहीं करते। नवकुमार और उसकी नयी पत्नी को अगर यह मालूम होता कि उनके विवाह का क्या परिणाम होगा तो कभी उनका विवाह नहीं होता।

॥ बंकिमचन्द्र। कपालकुण्डला॥ प्रथम संस्करण॥ १८६६

चार आँखों का खेल

यह एक दूसरा ही पक्ष है। कितने पक्षों को लेकर लिखूँ? इस पृथ्वी पर इतनी विचित्रता, इतनी विशिष्टता है कि मन करता है जी भरकर अनिश्चित काल तक इसी में अवगाहन करता रहूँ। मेरे सृष्टिकर्त्ता ने मुझे मात्र दो नेत्र एवं दो पैर दिये हैं। जिस विधाता ने इस वैचित्र्य का सृजन किया उसे क्या पता नहीं था कि इतना सब देखने के लिए ये दो नेत्र पर्याप्त नहीं हैं और इन दो पाँवों से भी इतना नहीं चला जा सकता! चारों ओर देख-देखकर कभी-कभी अचरज का ठिकाना नहीं रहता। लगता है यह जैसे कभी खत्म ही नहीं होगा। मन करता है विधाता को पुकारकर पूछूँ कि प्रभु तुम्हारे भी क्या मेरे समान केवल दो हाथ हैं? और अगर ऐसा ही है तो मात्र दो हाथों से यह विभिन्नरूपा सृष्टि बनायी कैसे? गलती से भी तो दो फूल, दो मनुष्य अथवा दो पक्षी एक-जैसे नहीं हुए। तुम्हारे अकेले के द्वारा यह सम्भव कैसे हुआ?

मैं बहुत दिनों से मनुष्य को पहचानने का प्रयत्न कर रहा हूँ। बचपन में अपने आत्मीय स्वजनों को देखा है। बड़े होने पर पुनः उन सम्बन्धियों को देखा-परखा है। बाहर से तो वह जरा भी नहीं बदले। शक्ल देखकर यदि मनुष्य पहचाना जाता तो कहानी लिखनेवालों का कार्य सरल हो जाता लेकिन साहित्य नाम की किसी वस्तु का अस्तित्व होता या नहीं इसमें सन्देह है।

वास्तव में आजकल के कहानी, उपन्यास व नाटक जो बड़े निम्नस्तर के लगते हैं उसका एकमात्र कारण शायद यही है कि लेखक मनुष्य का ऊपरी चेहरा देखकर कहानी लिखते हैं, और चेहरे पर अधिकांशतः मुखौटा चढ़ा होता है। मनुष्य जितना ही सभ्य होता है उतना ही यह मुखैटा मजबूत होता है।

मुझे याद है कि एक बार एक सज्जन ने मुझसे एक बड़ा अजीब प्रश्न पूछा था। उन सज्जन का भी कोई दोष नहीं था। वह उपनगरवासी थे। जीवन में किसी कहानी लेखक को उन्होंने देखा नहीं था।

बोले—एक प्रश्न पूछूँ आपसे?

मैं बोला—पूछिये—

—अच्छा, आप लोग क्या किताबें देख-देखकर कहानी लिखते हैं?

चौंककर मैंने उलटा प्रश्न किया था—क्यों? ऐसा क्यों कह रहे हैं?

वह सज्जन बोले—पहले कभी किसी कहानी लेखक को देखा नहीं है न, इसीलिए पूछ रहा हूँ, आप बुरा मत मानियेगा—

मैंने कहा—आप कहिये, मैं बिल्कुल बुरा नहीं मानूँगा—

वह बोले—कहानी-उपन्यास का काफी शौक है मुझे। पढ़ता रहता हूँ। पढ़ने पर ऐसा लगता है आप लोग बड़ी-बड़ी किताबों से छोटी-छोटी किताबें लिखते हैं—

जरा रुककर फिर बोले—पर मेरे कहने का बुरा मत मानियेगा। हम लोग ठहरे साधारण लोग, साहित्य-वाहित्य हमारी समझ से बाहर की चीज है। पर आप लोगों की कहानियाँ जीवन से मेल नहीं खातीं।

तब भी बात पूरी तरह समझ नहीं पाया मैं। पूछा—इसका मतलब?

—इसका मतलब हम लोग अपने चारों ओर जिन लोगों को देखते हैं, उनके बारे में आप लोगों की कहानियाँ नहीं होतीं। आप लोग जिनके बारे में लिखते हैं वह इस संसार के चरित्र प्रतीत नहीं होते।

बहुत बार मैंने इस बात पर विचार किया है। या तो लेखकों के लिखने में कोई दोष है या उनके देखने में कहीं कोई गलती है। देखा ठीक से भले ही होगा पर उसके अनुरूप लिखा ही जायेगा ऐसी कोई बात नहीं है और अगर लिखना आता हो तो जरूरी नहीं कि देखना भी आता हो अथवा जो देखा हो वह ठीक ही हो। कहने का तात्पर्य है कि तुम्हारे लिखने के साथ हमारे देखने का ठीक सम्बन्ध होगा तभी हमें अच्छा लगेगा। तुम लेखक हो और हम पाठक। हम दोनों अलग-अलग हैं। तुम शायद बर्मा में रहते हो और मैं बँगलादेश में। लेकिन जब तुम्हारी किताब पढ़ूँ तब मेरे और तुम्हारे बीच कोई दूरी नहीं रहनी चाहिए। तब हम दोनों को एकाकार हो जाना चाहिए।

लेकिन इस तरह की रचना करने के लिए देखने का समय चाहिए। और आजकल देखने का नियम रहा नहीं। अब तो बस लिखना रह गया है। देखने का समय नहीं है अब किसी के भी पास। देखने लगें तो लिखेंगे कब?

पर यह बात भी ठीक है कि उन सज्जन ने कोई गलत बात नहीं कही थी। आँखें रहने पर मनुष्य देख ही पायेगा जिस प्रकार यह सत्य नहीं है उसी प्रकार यह भी ठीक नहीं है कि समय मिलने पर लिखा जायेगा ही।

उन सज्जन की बात पर सोचते-सोचते न जाने कब अपने देखे मनुष्यों के बारे में सोचने लगा। बहुत पहले की बात है। बहुत-से चेहरे आँखों के

आगे तैर गये। बस चेहरे-ही-चेहरे। बंगाली, ऐंग्लो-इण्डियन, गुजराती, मराठा—अनगिनत चेहरे।

तब उमर ही कितनी थी। लेकिन अपने दोनों नेत्र सजग और दोनों कान खड़े रखे हैं मैंने। इसीलिए शायद सोते-सोते नींद में भी अचानक उनकी आवाज सुनता हूँ—राइटर जी—राइटर जी—

राइटर जी कहकर बिलासपुर के लिमये साहब पुकारते थे। महाराष्ट्रियन थे। और मिस्टर डी'सा कहते थे मिस्टर राइटर।

डी'सा! जॉन डी'सा।

चेहरा याद आते ही सारी बातें याद आ गयीं। मिसेज डी'सा, रेनी डी'सा, चार्ल्स डी'सा और फ्रेड।

मैं फ्रेड को 'फ्रेडी' कहकर पुकारता था।

मिसेज डी'सा मुझसे पूछतीं—तुम उसको फ्रेडी कहकर क्यों बुलाते हो राइटर? उसका नाम तो फ्रेड है, आल्फ्रेड से बना है फ्रेड।

मैं कहता—हम लोग जिसके साथ प्यार का सम्बन्ध जोड़ते हैं उसके नाम के आगे 'ई' या 'उ' प्रत्यय लगा देते हैं।

मिसेज डी'सा कहतीं—तो फिर मैं भी उसे फ्रेडी कहकर पुकारा करूँगी।

बेचारी मिसेज डी'सा! आज भी मेरी आँखों के सामने मिसेज डी'सा का चेहरा उभर आता है। आँसू बहाते-बहाते अपना अन्तिम समय व्यतीत करना पड़ा था उन्हें। उनके वह आँसू कितने मर्मान्तक थे यह शायद केवल मैं ही जानता हूँ।

जिन सज्जन ने पूछा था कि मैं भी किताब देखकर लिखता हूँ क्या—उनके साथ यदि आज साक्षात् हो जाता तो कहता कि आँखों देखी घटना अगर लिखूँ तो आप पढ़ पायेंगे क्या? यदि पढ़कर सहन कर सकें तो आप जहाँ भी हों यह कहानी अवश्य पढ़ियेगा। फिर बताइयेगा कि यह कहानी किताब देखकर लिखी गयी है या जीवन देखकर? आपके पढ़ने के लिए ही मैंने यह उपन्यास लिखा है।

आप जैसे लोगों के लिए ही यह लिखा गया है।

चक्रधरपुर में जो मकान मैंने किराये पर लिया था उसी के आधे हिस्से में रहते थे मिस्टर डी'सा। बीच में बस एक पार्टीशन था। जोर से बोलने पर उनकी सारी बातें मुझे अपने कमरे में सुनायी देती थीं।

जॉन डी'सा जब जीवित थे तभी से मैं उस मकान में था। मालगाड़ी के ड्राइवर थे जॉन डी'सा। घर से सवेरे निकल जाते और पता नहीं रात को कब लौटते। कभी-कभी सारा दिन पड़े-पड़े सोते रहते और रात को दस बजे के करीब ड्यूटी पर जाते। लौटते अगले दिन दोपहर को बारह बजे। जिस दिन शाम को घर रहते, बाहर बगीचे में कुर्सियाँ बिछतीं। चार्ली, रेनी, मिसेज डी'सा और जॉन डी'सा चारों मिलकर चाय पीते, बातें करते, हँसी-मजाक करते।

साहब जिस दिन ड्यूटी पर चले जाते उस दिन जैसे महफिल जम ही नहीं पाती। माँ, बेटा और बेटी साथ बैठकर चाय पीते तो जरूर पर उस तरह बातचीत, हँसी-मजाक नहीं होता।

कभी-कभी मिसेज डी'सा मुझे बुलातीं—गुड ईवनिंग राइटर—चक्रधरपुर में सब लोग मुझे राइटर ही कहते थे।

कहतीं—तुम घर में रहते हो इसका हमें पता ही नहीं चलता। राइटर—

अगर कभी इतवार को साहब घर होते तो सब रेलवे चर्च जाते। आठ बजे बच्चों का हाथ पकड़े घर से निकलते। राँची रोड पर नागचम्पा के पेड़ के नीचे से होकर चलते हुए चर्च पहुँचते। वहाँ चक्रधरपुर के दूसरे क्रिश्चियन बन्धु-बान्धव मिलते। किसी के बटन होल में फूल लगा होता तो किसी की टोपी में। उस दिन मिसेज डी'सा का साज-सिंगार देखने लायक होता।

बारह बजे के करीब चारों घर लौट आते। उस दिन तरह-तरह के पकवान बनते। मैं बैठा-बैठा सुगन्ध लेता रहता—मधुर मीठी सुगन्ध।

कहने का मतलब कि देखकर यही लगता कि बड़ा सुखी परिवार है। मोटी तनख्वाह मिलती थी डी'सा को। उस सस्ते के जमाने में ओवरटाइम मिलाकर कोई ग्यारह-बारह सौ रुपये मिलते थे उन्हें। रेलवे के बड़े अधिकारी-अफसर से भी अधिक वेतन ड्राइवरों का था।

हाँ, उनका खर्च भी अधिक था। बंगाली परिवारों के खर्चे से उनका खर्च अनुपात में कहीं ज्यादा था। रेल-बाजार के मेघानी साहब के 'प्रोजिन स्टोर' से जैम-जेली के डब्बे, स्नो, क्रीम, पाउडर, साबुन का बिल ही महीने में तीन-चार सौ रुपये का आ जाता था। फिर ऊपर से शराब का भी तो बिल था।

इसमें कोई बुराई भी नहीं है। घर पर किसी सगे-सम्बन्धी अथवा मित्र के आ जाने पर हम चाय, सन्देश, समोसा, रसगुल्ला परोसकर सम्मान करते हैं, वह लोग ड्रिंक्स देते। हर प्रकार की शराब रहती थी जॉन डी'सा के यहाँ—शेरी-शैम्पेन, वाइन-ह्विस्की की बोतलें सदा तैयार रहीं। पीछे आउट हाउस में खानसामा, बावर्ची, नौकर, आया रहते, साथ ही ढेर-सी मुर्गियाँ भी पली थीं। लंच-डिनर के समय उनका सदुपयोग होता था।

शाम को जब घूमने निकलते तो साहब के बदन पर कीमती सूट होता।

लेकिन वही साहब जब ड्यूटी पर होते तो पहचाने भी नहीं जाते। मैले कोट-पैण्ट, फटी कमीज, चेहरे पर कालिख, कोयला पड़ने के कारण आँखें लाल और बाल बिखरे हुए।

मैं उन्हें देखकर कई बार सोचता कि बंगालियों के परिवार में ऐसी शान्ति देखने को क्यों नहीं मिलती? थोड़ी दूर पर ही डी० टी० एस० गांगुली साहब का घर था। उन्हें भी मोटी तनख्वाह मिलती थी। करीब बारह सौ। लेकिन वही रहन-सहन, जैसा आम बंगाली का होता है। घर के सामने कूड़े का ढेर। बगीचा है, माली भी है लेकिन फूलों की वह बहार नहीं। ध्यान से सुनने पर अन्दर से नौकर-चाकर के साथ मालकिन के लड़ने की आवाज सुनायी देती रहती। प्रायः नौकर भाग जाता, महरी नागा कर देती। डी० टी० एस० के घर से अक्सर सड़ी मछली के पकने की बास आती।

शुरू-शुरू में मुझे भी ऐसा ही लगता। आयु भी कम थी। वही जैसा उन सज्जन ने कहा था, किताब देखकर लिखना। मैं भी किताबों में जीवन के अर्थ खोजता था। सोचता था किताबों में वर्णित जगत् ही शायद वास्तविक जगत् है।

लेकिन वही बात इस प्रकार मिथ्या साबित हो जायेगी उस समय क्या मैं सोच पाया था!

अच्छा ही हुआ जो नहीं समझ पाया, और समझ न पाने के कारण ही यह ध्रुव सत्य जाना कि किताबों में वर्णित जगत् का वास्तविक जगत् के साथ कोई मेल नहीं होता। मेल न होने की वजह से ही हमें अपनी रचना के लिए चरम प्रशंसा व चरम निन्दा सुननी पड़ती है। अनेक वर्षों की, विभिन्न अभिज्ञताओं की यही फलश्रुति है मेरी।

जिन मिसेज डी'सा की इतनी इज्जत करता था एक दिन वही मिसेज डी'सा मेरे लिये विस्मय की एक पात्र बन जायेंगी, इसकी कल्पना भी भला मैं उस दिन क्योंकर कर पाता?

घटना का सूत्रपात हुआ जॉन डी'सा की मृत्यु के उपरान्त। साहब के मर जाने के बाद से ही जैसे सब-कुछ उलटने-पलटने लगा।

घर के स्वामी की मृत्यु के बाद हर गृहस्थी में परिवर्तन आता ही है पर वह दूसरी तरह का होता है। रुपये-पैसे के प्रश्न को लेकर ही यह गड़बड़ शुरू होती है। तब गृहस्थी का खर्च चलाना मुश्किल हो जाता है अथवा सम्पत्ति को लेकर झगड़े शुरू हो जाते हैं।

लेकिन यहाँ वह कारण नहीं था। इसका कारण कुछ और था। सारी गड़बड़ फ्रेड को लेकर शुरू हुई।

फ्रेड अगर उस दिन इस गृहस्थी में प्रवेश नहीं करता तो ऐसा नहीं होता। वही आल्फ्रेड—जॉन डी'सा का भतीजा। चक्रधरपुर के लोको डिपार्टमेण्ट का एप्रेण्टिस होकर आया था वह और इसके साथ ही मिसेज डी'सा इस उपन्यास की नायिका बन गयी थीं।

पर यह बात बाद को। पहले जॉन डी'सा के मरने की कहानी ही बता दूँ।

प्रतिदिन की तरह उस दिन भी सुबह उठकर अखबार लेकर बैठा था मैं। ऑफिस का समय सुबह दस बजे का होने के कारण हाथ में काफी वक्त था।

अचानक देखा कि एक काल-ब्वाय तेज साइकिल चलाते हुए आया और दरवाजे पर लगी घण्टी बजाने लगा।

मैंने सोचा कि काल-ब्वाय तो इस प्रकार गार्ड व ड्राइवरों के घर आया ही करते हैं। रोज की बात है यह उनके लिए। दिन में, रात में, सुबह-शाम अक्सर खबर दे जाते हैं कि ड्यूटी पर कब जाना है। लेकिन आज इस समय कैसे? आज तो डी'सा साहब ड्यूटी पर ही हैं। फिर किसको बुलाने आया है? मुझे?

सामने जाकर खड़े होते ही उसने मेरी ओर देखा। मैंने पूछा—किसे चाहते हो?

काल-ब्वाय ने कहा—डी'सा साहब की मेम साहब हैं?

मैं ताज्जुब में पड़ गया क्षणभर के लिए, लेकिन तुरन्त ही सारी बात जल के समान स्पष्ट हो उठी।

नियमानुसार डी'सा गाड़ी लेकर जिस तरह सब जगह जाते थे उस दिन भी काल मिलने पर रात तीन बजे टू थर्टी वन डाउन लेकर खड़गपुर गये थे। अगले दिन रात को रनिंग रूम में जाकर कुछ अधिक शराब पी ली थी शायद। उसके बाद सुबह ही ट्रेन में जब ड्यूटी के लिए पुकार लगायी गयी तो देखा गया कि उनकी आत्मा शरीर छोड़ गयी थी।

मैंने सोचा था कि डी'सा की मृत्यु के बाद मेम साहब मकान छोड़ देंगी। क्योंकि अचानक हजार रुपये की आय कम हो जाने पर थोड़ी असुविधा तो हो ही जाती है। तिस पर डी'सा साहब खर्चीले आदमी थे। नौकर, खानसामा, बावर्ची, लंच, डिनर, शराब! दोनों बक्त के मांस का खर्च ही चार सेर रोज का था। शराब का खर्च भी काफी था फिर उसके साथ सोडा, बर्फ, लेमनेड भी तो लगता था।

काफी दिनों से बगल में रहने के कारण मैं डी'सा के घर के खर्च से अच्छी तरह वाकिफ था।

कितनी बार डी'सा स्वयं मुझे अपने ड्राइंगरूम में खींच ले गये थे। सुसज्जित ड्राइंगरूम का कीमती सामान देखकर मन-ही-मन ईर्ष्या भी होती थी मुझे।

बड़ा सत्कार करते थे वह मेरा। हर प्रकार से मुझे सन्तुष्ट करने का प्रयत्न करते थे पर उनको सबसे बड़ा दुःख इस बात का था कि मैं ड्रिंक नहीं लेता था। इतनी अच्छी मूल्यवान् वस्तु होने के बावजूद मैं किस प्रकार इसका लोभ संवरण कर पाता था, यह उनकी कल्पना से परे था।

कहते—यह ड्रिंक नहीं राइटर लिक्विड है—लिक्विड गोल्ड—

मुझे यह देखकर बड़ा आंश्चर्य हुआ कि साहब की मृत्यु के बाद भी डी'सा मेम साहब ने किसी नौकर को नौकरी से नहीं हटाया। साहब रहते जिस प्रकार गृहस्थी चलती थी उसी प्रकार चलती रही। उसी तरह सज-धजकर रविवार को चर्च जाना, उसी प्रकार डिनर, लंच, ब्रेकफास्ट चलता रहा। जैसे कहीं कुछ घटा ही न हो।

यह सब देख-सुनकर बड़ा ही अचम्भा लगता था मुझे।

पहले जिस प्रकार मुहल्ले के मिलने-जुलनेवाले घर पर मिलने आते थे अब भी आते, उसी प्रकार हँसी-मजाक चलता। डी'सा के रहते जैसे शराब

की बोतल खोलकर मित्रों का स्वागत-सत्कार होता था अब भी वैसे ही होता।

बगल के कमरे से मैं उनकी सारी बातें सुन पाता था।

डी'सा की मृत्यु के अगले दिन मैंने अपनी आँखों से मिसेज डी'सा को रोते देखा था। अनवरत रोते और रूमाल से आँखें पोंछते देखा था।

मुझे देखकर एकदम से फूट-फूटकर रो दी थीं वह। कहने लगी थीं—राइटर, जॉन नहीं रहा, जॉन नहीं रहा राइटर—

रीति अनुसार सान्त्वना दी थी मैंने उन्हें। अर्थात् पति की मृत्यु के बाद विधवा स्त्री को जो कहकर धीरज बँधाया जाता है उसी तरह की निरर्थक बातें।

उन्होंने कहा था—वह इतना अच्छा हसबैण्ड था राइटर कि क्या बताऊँ तुम्हें। इतना प्यार करता था मुझे, इतना एडोर करता था—

यह बात झूठ भी नहीं थी। दोनों में बड़ा घनिष्ठ प्यार था। साधारणतः ऐंग्लो-इण्डियन समाज में ऐसा प्यार कम ही दिखायी देता है। पति-पत्नी और दो प्यारे बच्चे बड़ा सुखी परिवार था। पति-पत्नी दोनों को एक-दूसरे का हाथ पकड़कर घूमते देखा था कितनी ही बार। जिस दिन साहब को ड्यूटी से लौटने में देर हो जाती कितनी चिन्तित हो जाती थीं मेम साहब!

दिखायी पड़ते ही मुझसे पूछतीं—बताओ राइटर, क्या करूँ? अभी तक लौटा क्यों नहीं जॉनी? इतनी देर क्यों हो गयी उसे?

मैं पूछता—कहाँ गये हैं मिस्टर डी'सा? किस तरफ?

जवाब देतीं—खड़गपुर!

मैं कहता—कण्ट्रोल ऑफिस में जाकर पता कर आइये न—

और अन्त में मजबूर होकर स्वयं साइकिल लेकर निकल पड़तीं। घर से करीब एक मील था कण्ट्रोल ऑफिस। चाहे आँधी होती या तूफान। उसी बारिश में पहुँच जातीं। ऑफिस के सारे लोग पहचानते थे उन्हें।

जाकर पूछतीं—हैलो विलि, जॉनी की क्या खबर है? कहाँ है?

ऐंग्लो-इण्डियन कण्ट्रोलर उसी समय टेलीफोन करके पता कर देता। जॉन डी'सा वन सेवेण्टी टू अप लेकर आ रहा था। कलाइकुण्डा के पास ट्रेन का ड्रॉ-बार टूट जाने के कारण देर हो गयी। आधी गाड़ी लेकर इंजिन वापस खड़गपुर चला गया है।

मेम साहब पूछतीं—तो फिर कौन-सी ट्रेन से आ रहा है?

कण्ट्रोलर कहता—पाइलट बुक किया है। तीन बजे रात तक हेड-क्वार्टर पहुँच जायेगा।

—माई गॉड!

एक दीर्घ श्वास छोड़तीं मेम साहब।

लौटकर मुझसे कहतीं—जानते हो न राइटर, गुड्स ट्रेन के ड्राइवर का काम बड़ा ही खराब काम है। बहुत काम करना पड़ता है जॉन को।

मैंने कहा—यह तो है ही—

वह कहतीं—इसीलिए तो जॉन से कहती हूँ कि तुम यह सर्विस छोड़ दो—

—लेकिन छोड़ना क्या सम्भव है?

मेम साहब कहतीं—लोको शेड में अगर काम करता होता तो जॉन को थोड़ा चैन रहता। तब उसे रात को घर से बाहर नहीं रहना पड़ता।

—लेकिन उस नौकरी में इतनी तनख्वाह नहीं मिलती न? लोको फोरमैन की तनख्वाह होती ही कितनी है? एक बार अधिक वेतन की नौकरी करने पर क्या कोई कम वेतन की नौकरी कर सकता है?

वह कहतीं—जॉन भी तो यही कहता है राइटर। वह कहता है सात सौ रुपये में मेरा गुजारा कैसे होगा? मेरा तो भूपाल कम्पनी का बिल ही छह सौ रुपये महीने का हो जाता है।

यह ठीक भी था! 'भूपाल एण्ड कम्पनी' डी'सा साहब की ह्विस्की सप्लाई करती थी। प्रत्येक मास की तीन-चार तारीख को उसके आदमी को बिल लेकर आते देखा है मैंने। हर बिल की रसीदें देखकर पेमेण्ट करती थीं मिसेज डी'सा। साहब का सारा रुपया-पैसा उन्हीं के हाथ में रहता था। जो कुछ भी मिलता लाकर पत्नी के हाथ पर रख देते मिस्टर डी'सा।

चक्रधरपुर के ऐंग्लो-इण्डियन परिवारों में मिस्टर व मिसेज डी'सा का परिवार सचमुच ही अपवादस्वरूप था। उनके समाज में आमतौर पर औरतों के हाथ में वेतन कोई नहीं देता था। यहाँ तक कि जेब में भी सावधानी से रखना पड़ता था, नहीं तो जेब से निकाल लेती थी पत्नी।

इस बात का अहंकार भी कम नहीं था मिसेज डी'सा को। कहतीं—

जॉन महीने का सारा वेतन मेरे हाथ में पकड़ा देता है, यह जानते हो न राइटर?

रेनी और चार्ली दोनों छोटे थे उस समय। लेकिन उन्हें भी सच्ची माँ मिली थी। इस तरह की माँ आमतौर पर ऐंग्लो-इण्डियन समाज में कम ही मिलती है—कम-से-कम चक्रधरपुर में तो वैसी और नहीं थी। रेनी के खाने-पहनने पर, चार्ली के लिखने-पढ़ने पर, हर तरफ नजर रहती थी उनकी।

जब भी यह सब बात याद आती है, आश्चर्यचकित रह जाता हूँ। यह कैसे सम्भव हुआ? मिसेज डी'सा ऐसा काम करेंगी, इसकी तो कल्पना भी नहीं की जा सकती थी।

वह कहतीं—जानते हो राइटर मैं जो इतना बचा-बचाकर खर्च करती हूँ, वह किसलिए? रेनी और चार्ली के लिए। उनके फ्यूचर के बारे में सोचकर ही तो बचाती हूँ।

कभी-कभी कहतीं—तुम हमारे ऐंग्लो-इण्डियन समाज के बारे में नहीं जानते राइटर, बहुत करप्शन है हमारे यहाँ—

मन-ही-मन हँसता था मैं उनकी बात सुनकर।

मुझे हँसता देखकर कहतीं—तुम हँस रहे हो राइटर, लेकिन यह फैक्ट है—तुम्हें बताती हूँ पर किसी से कहना मत···

कहकर अपने समाज की एक-एक बुराई बतातीं। लोको फोरमैन डी'सिल्वा की बहू किससे मिलती है छिप-छिपकर, अथवा डिप्टी कण्ट्रोलर फर्नाण्डिस की पत्नी डी० एल० एस० को बार-बार खाने पर क्यों निमन्त्रित करती है। किसकी लड़की किसके हसबैण्ड के साथ कहाँ भाग गयी थी। आदि आदि···

फिर सावधान करते हुए कहतीं—पर तुम यह सब बातें किसी से कहना मत।

फिर कहतीं—इसीलिए तो हम रेलवे क्वार्टर में नहीं रहते। वहाँ रहने से खर्च बहुत कम होता, काफी पैसे बचते। लेकिन चार्ली और रेनी की वजह से मैं वहाँ नहीं जाती। बड़े होकर वह लोग वहाँ यही सब तो देखेंगे।

डी'सा साहब के मरने के बाद शुरू-शुरू में मिसेज डी'सा बेटे-बेटी को लेकर चर्च जातीं। ठीक पहले की तरह सज-धजकर एक-दूसरे का हाथ पकड़े राँची रोड से जाते। डी'सा के न होने से चर्च जाना बन्द नहीं हुआ। फर्क बस इतना पड़ा कि पहले चार जाते थे और अब तीन। उस दिन

मेम साहब की साज-पोशाक में एक विशेष चमक होती। सिर पर हैट होता गाउन में फूल लगा होता। रास्ते में जान-पहचान का कोई मिल जाता तो सिर झुकाकर विश करतीं।

कहतीं—गुड मार्निंग जिमि।

अचानक एक दिन एक नया चेहरा दिखायी दिया उस दल में। वे फिर चार हो गये थे।

शुरू में तो मैंने विशेष ध्यान नहीं दिया। सोचा लड़के का कोई दोस्त-वोस्त होगा। दो-चार दिन के लिए घर आया होगा, चला जायेगा। यह तो होता ही रहता है।

झारसुगुडा या खड़गपुर से कोई-न-कोई सगा सम्बन्धी आता ही रहता था। उनके यहाँ। दो-चार दिन खूब हो-हुल्लड़ चलता। उन दिनों डी'सा साहब कुछ अधिक चढ़ा लेते। कभी-कभी काम का भी नागा कर देते। देखने लायक दिन होते थे वह।

मैंने सोचा—उन्हीं में से कोई होगा।

लेकिन नहीं। स्वयं मेम साहब ने एक दिन परिचय कराते हुए कहा—इसका नाम आल्फ्रेड है।

पहली बार अच्छी तरह देखा फ्रेडी को। सुना डी'सा साहब का भतीजा है। बाप पहले ही मर चुका था। माँ-बेटा खड़गपुर में थे अब तक। पर माँ के पुनः विवाह कर लेने के बाद फ्रेडी ने उसके पास रहना नहीं चाहा और चक्रधरपुर चला आया है। मिसेज डी'सा ने लोको डिपार्टमेण्ट में उसकी नौकरी लगवा दी है कह-सुनकर।

—मैंने ठीक नहीं किया? तुम्हारा क्या ख्याल है राइटर? मेम साहब ने पूछा।

बहुत अच्छा किया—मैंने जवाब दिया।

यहाँ के सारे लोग, मुझसे स्नेह रखते हैं। मैंने डी० एल० एस० को सारी बातें बता दीं। हमारे यहाँ तो इस तरह की वारदातें रोज ही होती हैं। अब देखो ना जॉनी के मरने के बाद मैं भी फिर से शादी कर सकती थी। नहीं कर सकती थी? लेकिन चार्ली और रेनी का ख्याल आते ही शादी की इच्छा नहीं होती। मैं शादी कर लूँगी तो वह कहाँ जायेंगे, बोलो?

बड़े शर्मीले स्वभाव का था आल्फ्रेड। ऐंग्लो-इण्डियन समाज में जिस तरह के लड़के प्रायः देखे जाते हैं वैसा नहीं। धीर-स्थिर-गम्भीर। दाढ़ी-

मूँछ उगनी शुरू ही हुई थी अभी। उम्र में चार्ली से बड़ा था लेकिन मिसेज डी'सा के लड़के-जैसा ही था।

मेम साहब बोलीं—मुसीबत में पड़कर मेरे पास आया है, मैं इसे घर से तो निकाल नहीं सकती राइटर। क्या ख्याल है तुम्हारा, भगा सकती हूँ?

मैंने कहा—पर उसकी माँ को दूसरी शादी करने की जरूरत ही क्या थी?

वह बोली—यह बात कौन कहे? हमारे समाज की लड़कियों में बस यही सबसे बड़ी खराबी है। वह न तो अपने लड़के-बच्चों की सोचेंगी, न किसी और की, बस केवल अपने बारे में सोचेंगी। अपने को अच्छा खाना-पीना, पहनना-ओढ़ना मिल जाये बस। मेरे तो बाबा समझ में आती नहीं उनकी यह बात।

फ्रेडी बिल्कुल चुप बैठा था अब तक। गोरा लाल रंग। स्वास्थ्य भी अच्छा था। मैंने उससे पूछा—क्या काम करते हो?

बोला—लोको एप्रेण्टिस होकर आया हूँ।

—कैसी लग रही है नौकरी तुम्हें?

—नाट बैड—जवाब दिया उसने।

—करते-करते अच्छी लगने लगेगी—मैंने कहा।

—मैं भी तो यही कहती हूँ इससे। डी० एल० एस० से भी यही कहा है मैंने। इतना अच्छा लड़का मैंने पहले नहीं देखा राइटर। डी० एल० एस० भी इसके काम से बहुत खुश हैं।

बाद में धीरे-धीरे आल्फ्रेड घर के लड़के-जैसा ही हो गया। चार्ली रेलवे स्कूल में पढ़ने जाता, रेनी भी जाती। फ्रेडी शायद घर रहता उस समय। रात की ड्यूटी करके लौटता। दिन के समय घर पर मिसेज डी'सा और फ्रेडी रह जाते बस, और कोई नहीं।

उस निस्तब्ध शान्त दोपहर में बगल के अपने कमरे में बिस्तर पर लेटे-लेटे दोनों को बात करते सुनता। कभी-कभी किसी बात पर दोनों की सम्मिलित हँसी भी सुनायी देती।

ठीक जिस प्रकार जॉन डी'सा के जीवित रहते बात-चीत, हँसी-मजाक होता था उसी प्रकार अब भी होता।

एक दिन किसी कारण स्कूल से छुट्टी हो जाने के कारण चार्ली जल्दी घर आ गया। वैसे उसके आने का समय नहीं था वह।

बेडरूम के दरवाजे पर धक्का मारते हुए आवाज लगाने लगा चार्ली —मम्मी—मम्मी—

लेकिन मम्मी तो बेसुध सो रही थीं। इतनी गहरी नींद कि पता ही नहीं लगा कि चार्ली आवाज दे रहा है।

चार्ली चिल्लाये जा रहा था—मम्मी मैं हूँ चार्ली, दरवाजा खोलो। लेकिन दरवाजा खुला बहुत देर बाद जब धक्का मारते-मारते उस बेचारे के हाथ दुख गये।

दरवाजा खुलने पर बोला—मैं कब से दरवाजा खटखटा रहा था मम्मी, तुम ऐसी सो गयी पड़कर?

झुँझलाकर मेम साहब बोलीं—तुम्हारे मारे क्या मैं जरा देर को सो भी नहीं सकती चार्ली? यह कैसा स्कूल है तुम्हारा? जब देखो टाइम-बेटाइम छुट्टी हो जाती है?

मिजाज बिगड़ गया था उनका। मुझे लगा सच तो है, सारा दिन काम करते-करते थक जाती है बेचारी। जरा-सी देर को सो जायें तो भी चैन नहीं।

फ्रेडी भी उसी कमरे में सो रहा था। चिल्लाहट सुनकर उसकी नींद भी खुल गयी।

—लो बहुत अच्छा किया। उठा दिया? मालूम है न फ्रेडी नाइट ड्यूटी करके आया है। थककर सो रहा था, इतनी जोर से चिल्लाया जाता है कहीं?

चार्ली को लगा, वास्तव में उससे गलती हो गयी। चुप कर गया वह।

सच तो है, फ्रेडी को लगातार सात दिन तक नाइट ड्यूटी करनी पड़ती है। सुबह घर आने पर आराम करने को मिलता है। फिर दोपहर को सोता है। नहीं सोये तो रात को जागेगा कैसे? उसकी सुख-सुविधा का भी ख्याल रखना पड़ता है मेम साहब को?

कुछ दिन इसी तरह चलता रहा। मैं समझ गया कि फ्रेडी की देखभाल अधिक यत्नपूर्वक होने लगी है। ड्यूटी पर जाने का समय हो अथवा वह लौटकर आया हो—सारे नौकर-चाकर परेशान रहते। फ्रेडी का स्वास्थ्य खराब होता जा रहा है, उसे सर्दी हो गयी है, वह दुबला हो गया है—यह सब सुनते-सुनते नौकरों-चाकरों के कान पक जाते। एक दिन खूब धमका रही थीं नौकरों को। मैं सामने पड़ गया तो बोलीं—देख रहे हो राइटर

कितने डिसओबिडयेण्ट हो गये हैं सारे नौकर? एक बात नहीं सुनते, जो करने को कहो ठीक उलटा करेंगे—

मैंने पूछा—क्या हो गया?

बोलीं—कल शाम फ्रेडी के जूतों पर पालिश करने को कहा था, की ही नहीं। गन्दे जूते पहनकर गया वह ड्यूटी पर। और देखो न, फ्रेडी भला आदमी है इसलिए कुछ कहता नहीं, नहीं तो रात की ड्यूटी करके दोपहर को चैन से सोने तक को नहीं मिलता उसे। रसोई में बैठकर जोर-जोर से बातें करते हैं सब-के-सब। इस बार मैं सबको डिस्चार्ज कर दूँगी, एक को भी नहीं रखूँगी। पूरा सेट नया अपाइण्ट करूँगी।

यह कोई एक दिन की बात नहीं थी। फ्रेडी के आने के कुछ दिन बाद से ही जाने कैसे गड़बड़ शुरू हो गयी थी। डी'सा साहब के जीवित रहते भी बातचीत होती, हँसी-ठट्ठा होता, मस्ती होती पर नौकरों-चाकरों को लेकर ऐसी बकझक कभी नहीं होती थी।

उस दिन तो ऐसा झगड़ा हुआ कि कमरे में टिकना मुश्किल हो गया। मेम साहब की आवाज जितनी ऊँची होती जाती उतना ही बावर्ची का गला भी चढ़ता जाता।

दोपहर का वक्त था। चिलचिलाती धूप पड़ रही थी। सामने खाली मैदान में दो-चार गाय-भैंसें घास चर रही थीं। उस निस्तब्ध दोपहरी में एकाग्रचित्त होकर लिखने की सोच रहा था। अचानक विचारों का सूत्र टूट गया।

—जाओ, निकलो, निकलो यहाँ से—

उनके बावर्ची जोसेफ को पहचानता था मैं। इण्डियन क्रिश्चियन था। डी'सा साहब को बड़ा प्यारा था जोसेफ। अच्छा खाने का शौक था साहब को। मैंने देखा था ड्यूटी पर जाते समय साहब जोसेफ को बताकर जाते थे कि उनके लिए क्या-क्या बनाकर लाना था। जिस ओर भी साहब गये होते उसी ओर की पैसेंजर ट्रेन के गार्ड के हाथ में साहब का टिफिन कैरियर पकड़ा आता। यथास्थान गार्ड उतार देता।

यही चलन था। सारे गार्ड-ड्राइवरों का खाना इसी तरह दूसरी ट्रेन के गार्ड पहुँचाते थे। इस काम में एक्सपर्ट था जोसेफ। इसके बनाये खाने की कभी बुराई नहीं सुनी थी डी'सा साहब से।

जोसेफ की बड़ी इज्जत करते थे वह। जिस दिन साहब घर पर खाना खाते थे, जोसेफ स्वयं खड़ा रहकर परोसता। जिस दिन साहब परलोक

सिधारे, खूब रोया था वह। केवल जोसेफ ही नहीं सारे नौकर-चाकर रोये थे। बहुत चाहते थे वह लोग साहब को। उसी बावर्ची को मेम साहब इस तरह धमका रही थीं, घर से निकल जाने को कह रही थीं। बड़ा आश्चर्य हुआ मुझे।

बाहर निकलकर देखा। घर से बाहर निकलकर बगीचे में खड़ा था वह।

मेम साहब चिल्ला रही थीं—भागो, भाग जाओ—

जिस जोसेफ को कभी ऊँचा बोलते नहीं सुना था वही गला चढ़ाकर बोला—मेरी तनख्वाह दे दो पहले, तब जाऊँगा—

—नहीं, नहीं देती तनख्वाह, कर ले जाकर जो करना हो—

—मैं तनख्वाह लिये बिना नहीं जाऊँगा। पहले मेरा हिसाब कर दीजिए।

मेम साहब भी गुस्से में आगबबूला हो रही थीं।

बोलीं—क्या? तेरी यह हिम्मत, मेरे सामने जुबान चला रहा है? मैं कैसे भी तनख्वाह नहीं दूँगी। देखूँ क्या करता है तू—महीने के आखीर में आकर ले जाना—

न जोसेफ जाने को तैयार था और न ही मेम साहब टस-से-मस हो रही थीं। अपनी-अपनी जिद पर अड़े थे दोनों।

बात करो तो बात बढ़ती है।

मेम साहब ने आखीर में अन्दर जाकर दरवाजे की चिटकिनी लगा ली। कोई उपाय न देखकर जोसेफ भी दरवाजे को जोर-जोर से पीटने लगा। चीख-चीखकर मुहल्ले को सिर पर उठाने लगा—मैं कोर्ट में जाकर नालिश कर दूँगा आप पर। मेरे साथ बेईमानी।

आवाज सुनकर घर के सामने लोग इकट्ठे होकर मजा देखने लगे।

जोसेफ को सचमुच इस तरह गुस्सा होते कभी नहीं देखा था मैंने। चुपचाप अपना काम करता रहता था वह रसोई में। बाजार जाता, खाना बनाता, सबको खिलाता और फिर साहब का खाना साइकिल पर जाकर स्टेशन पहुँचा आता।

अब मैं चुप नहीं रह सका।

बोला—जोसेफ, तुम इतना चिल्ला क्यों रहे हो? ठीक से बात करो न।

उसने कहा—देखिये न बाबू, अचानक नौकरी से निकाल दिया और ऊपर से तनख्वाह भी नहीं दे रहीं—

मैंने कहा—तो तुम शान्ति से बात नहीं कर सकते? इतना चिल्ला क्यों रहे हो?

—चिल्ला मैं रहा हूँ या मेम साहब? पलटकर पूछा उसने।

इस बीच एकदम से दरवाजा खोलकर मेम साहब सामने आ खड़ी हुईं।

—क्या कहा? मैं चिल्ला रही हूँ? झूठा कहीं का! निकलो; निकल जाओ मेरे घर से—

असहाय दृष्टि से मेरी ओर देखकर जोसेफ बोला—देख रहे हैं बाबू आप? सुन रहे हैं सब अपने कान से। जो कुछ भी गलती है मेरी है? आज साहब जिन्दा होते तो मेम साहब मुझे इस तरह बदनाम कर सकती थीं भला?

—क्यों? तुमने किया क्या था? मैंने पूछा।

—हुजूर, आप मेम साहब से ही पूछ लीजिए न कि क्या किया था। फ्रेडी साहब को खाना देने में जरा-सी देर हो गयी थी। बस, यही कसूर है मेरा?

मेरी ओर देखकर मेम साहब बोलीं—राइटर, उससे बात मत करो, स्काउण्ड्रल है वह?

—मुझे गाली दे रही हैं आप?

मामला बढ़ता देखकर मैंने जोसेफ से कहा—जोसेफ इस समय तुम जाओ, बाद को आना—देख रहे हो इस समय मेम साहब गुस्से में हैं।

मेरे मुँह की ओर देखा उसने एक बार और फिर चला गया। कुछ देर वहीं चुप खड़ा घर के अन्दर से मेम साहब के चिल्लाने की आवाज सुनता रहा। उस समय उनका गला तार ससक पर चढ़ा हुआ था। इससे पहले कभी उन्हें इस तरह चिल्लाते नहीं देखा था मैंने।

इसके बाद से आबोहवा पूरी तरह बदल गयी। पहले जिस घर में इतनी शान्ति रहती थी, उसी घर में अशान्ति का बीज पनपने लगा था।

पहले की तरह अब रेनी का गाना नहीं सुनायी देता था। चार्ली के चेहरे की हँसी भी जैसे गायब हो गयी थी। और फ्रेडी··· जो बेचारा शान्ति से रहने के लिए इस घर में आया था, अशान्ति से पीछा नहीं छुड़ा पा रहा था अपना। मन बुझ-सा गया था उसका।

उसके बाद से देखता कि उस घर की बत्ती सरे शाम बुझ जाती। शायद डिनर खाते ही सो जाते थे सब। पहले खाने के समय बड़ी देर तक गपशप चलती रहती थी। अब नहीं होती थी। अगर यदा-कदा कोई आवाज सुनायी देती भी तो वही नौकर-चाकर के साथ बकझक।

कुछ चकित-सा हो गया था मैं यह रंग-ढंग देखकर।

एक दिन आते हुए रास्ते में जोसेफ मिल गया।

सलाम किया उसने।

मैंने पूछा—कहो, क्या हाल-चाल है? कहाँ काम कर रहे हो आजकल?

उसने उत्तर दिया—फर्नाण्डिस साहब के घर हूँ। पर मन नहीं लग रहा है।

—क्यों मन क्यों नहीं लग रहा? मैंने पूछा।

जोसेफ बोला—डी'सा साहब तो देवता थे हुजूर, ऐसा साहब अब कहाँ मिलेगा?

—तो तुम्हीं क्यों बेकार को झगड़ा करने गये? सोच-समझकर नहीं चला गया तुमसे?

—नहीं हुजूर, बस के बाहर की बात थी। रह सकता होता तो रहता ही। जोसेफ ने जवाब दिया।

—क्यों ऐसी क्या बात थी, जो रह नहीं सके?

—कैसे रहता बाबू? कोई भी उस घर में काम नहीं कर सकेगा। वह जो याकूब काम कर रहा है न, वह भी कह रहा था कि उसके लिए काम करना मुश्किल हो रहा है—

—क्यों? दिक्कत क्या है तुम लोगों को? मेम साहब तो भलीमानस हैं।

मेरी बात सुनकर जोसेफ ने हँस दिया।

बोला—नहीं हुजूर, बाहर रहकर आप केसे जान सकते हैं, हम दिन-रात अन्दर रहते हैं, सब देखते-सुनते हैं। वह मेम साहब बड़ी खराब औरत है बाबू!

—खराब? चकित होकर मैंने पूछा—ऐसा कैसे कह रहे हो?

इसके बाद धीमे स्वर में जो कुछ उसने बताया सुनकर मैं चौंक उठा।

पूछा—सच?

जोसेफ बोला—सच नहीं तो क्या झूठ कह रहा हूँ मैं? मेरी बात पर विश्वास नहीं होता तो याकूब से पूछ लीजियेगा। और इसके अलावा मैंने अपनी आँखों से देखा है हुजूर। अपनी खुद की आँखों पर कैसे अविश्वास कर सकता हूँ।

मैंने कहा—लेकिन फ्रेडी तो मेम साहब के लड़के की उम्र का है?

—उससे क्या हुआ हुजूर, मेम साहब की बुद्धि जो भ्रष्ट हो गयी है! नहीं तो जिसके इतने बड़े-बड़े बच्चे हों वह कभी किसी और के साथ एक कमरे में सो सकती है? एक बिस्तर पर? और वह भी दिन के समय? हमारी सबकी नजरों के सामने?

मैं और अधिक जोसेफ के सामने खड़ा नहीं रह सका। खड़े रहने की इच्छा भी नहीं हुई। चल ही पड़ा था कि जोसेफ ने पीछे से आवाज दी।

बोला—बाबू एक बात…

कहकर सामने आ गया और बोला—आप यह सब बातें किसी से कहियेगा मत। नहीं तो फर्नाण्डिस साहब के यहाँ की नौकरी भी चली जायेगी मेरी। सोचेंगे मैं मालिकों के घर की अफवाहें फैलाता हूँ।

कुछ रुककर फिर बोला—और मैं न भी उड़ाऊँ तो क्या? बात छुपेगी तो है नहीं। आप खुद देख लीजियेगा।

इतना कहकर जोसेफ चला गया। किंकर्त्तव्यविमूढ़ होकर कुछ देर मैं वहीं खड़ा रहा। मन में आया ऐंग्लो-इण्डियन समाज में शायद सब-कुछ सम्भव है! कौन जाने!

लेकिन उस दिन से ही मेरे मन में सन्देह बैठ गया। सन्देह यों ही एक ऐसा सर्प होता है जिसका फन हो या न हो, नजर पड़ते ही सारे शरीर में सिहरन दौड़ जाती है। जब तक सामने रहता है तब तक किसी भी तरह मन से अलग नहीं किया जा सकता। इसीलिए उस दिन से मिसेज डी'सा और फ्रेडी को जैसे दूसरी ही नजर से देखने लगा मैं।

उसके बाद से हर बात में जैसे एक अन्य अर्थ खोजने का प्रयत्न करने लगा। फ्रेडी की सुख-सुविधा पर मेम साहब की उतनी तीक्ष्ण दृष्टि का भी एक नया ही अर्थ मेरी नजरों के समक्ष उभर आया।

देखता पहले की ही तरह बच्चों को लेकर रविवार के दिन मेम साहब पार्क जातीं। साथ में फ्रेडी भी होता। रास्ते में जो भी मिलता पहले की तरह उसे गुड मार्निंग कहतीं।

लेकिन फ्रेडी का हाथ इस तरह क्यों पकड़ रखा है उन्होंने? एकदम साथ सटकर क्यों चल रही हैं? इतना सटकर चलना क्या उचित है? पर फिर अपने ही मन में सन्देह होने लगता। यह मैं क्या सोच रहा हूँ? तो क्या मैं जोसेफ की बात पर पूर्ण विश्वास कर बैठा हूँ? मेम साहब तो उसकी माँ की उम्र की हैं! अगर फ्रेडी को अधिक प्यार करती भी हैं तो इसमें बुराई क्या है? फ्रेडी को अपनी माँ का प्यार तो मिला नहीं!

और दिनों की तरह उस दिन भी बगीचे में बैठे चाय पी रहे थे सब।

मुझे देखकर मेम साहब बोलीं—आओ न राइटर—आओ—

अस्वीकार नहीं करूँगा, मेरे खुद के मन में एक जिज्ञासा, एक उत्सुकता थी।

बैठकर अच्छी तरह देखा फ्रेडी एकदम सटकर बैठा था मिसेज डी'सा के पास।

बोलीं—आजकल फ्रेडी की मार्निंग ड्यूटी है इसलिए थोड़ा वक्त मिला है आज।

मैंने बात पलटी—उस दिन जोसेफ बड़ा झगड़ा कर रहा था आपके साथ, फिर आया था क्या?

अचानक जैसे याद आ गया उन्हें।

बोलीं—देखा तुमने राइटर, उस दिन कैसे धमकी देकर गया मुझे? हिम्मत देखी उसकी? इसीलिए तो कहते हैं कि छोटे लोगों को मुँह नहीं लगाना चाहिए।

लेकिन किया क्या था उसने? मैंने पूछा।

—फ्रेडी से पूछो; इसे सब मालूम है—उन्होंने जवाब दिया।

फ्रेडी की ओर देखा मैंने।

पूछा—क्या हुआ था?

—मैं तो सो रहा था, देखा नहीं ठीक से—आण्टी ने देखा है—उसने जवाब दिया।

आण्टी माने मिसेज डी'सा।

मेम साहब बोलीं—तुम तो जानते हो राइटर कि फ्रेडी नाइट ड्यूटी करने जाता है। दोपहर को वह सो रहा था, मैं भी लेटी हुई थी। अचानक देखा कि जोसेफ कमरे में झाँक रहा था।

विश्वास नहीं हुआ मुझे। पूछा—क्या कह रही हैं? झाँक रहा था? आपके कमरे में?

—हाँ, और क्या कह रही हूँ? ऐसे इम्पर्टिनेण्ट सर्वेण्ट को घर में कैसे रखा जा सकता है, तुम्ही बताओ राइटर? सुना है आजकर जूली फर्नाण्डिस के यहाँ काम कर रहा है—पर देख लेना वहाँ भी नहीं टिकेगा।

अचानक फ्रेडी की ओर नजर गयी उनकी। बोलीं—क्या हुआ फ्रेडी, एक कप कॉफी और दूँ?

—नहीं—फ्रेडी ने जवाब दिया।

मेम साहब बार-बार जोर देकर कहने लगीं—पी लो न, गरम देती हूँ। एकदम फ्रेश।

फ्रेडी बोला—नहीं।

फिर मेरी ओर देखकर मेम साहब बोलीं—यही सबसे बड़ी खराबी है फ्रेडी में। आजकल कुछ खाता-पीता ही नहीं। अच्छा तुम्हीं बताओ राइटर, फ्रेडी की हेल्थ पहले से खराब नहीं हो गयी है न?

फ्रेडी का स्वास्थ्य पहले से खराब हो गया है कि नहीं यह देखने के लिए मैंने उसकी ओर नजर घुमायी। पर मुझे लगा कि फ्रेडी का स्वास्थ्य पहले से खराब नहीं बल्कि अच्छा हो गया था। जब आया था तब तो बहुत ही दुबला था।

—मैं उससे जो खाने को कहती हूँ खाता ही नहीं। अब अगर उसकी माँ आकर देखेगी तो मुझे ही तो दोष देगी। सोचेगी कि मैं फ्रेडी को खाने के लिए कुछ देती ही नहीं।

चार्ली और रेनी दोनों अगल-बगल बिल्कुल चुप बैठे थे। हम लोग जैसे उनकी उपस्थिति बिल्कुल ही भूल गये थे। कोई भी उनसे बात नहीं कर रहा था यह देखकर सकुचा गये थे दोनों। उनसे बात करके दोनों को खुश करना चाहा मैंने। जाने कैसे तो हो गये थे दोनों। पिता के जीवित रहते जो बात थी वह जैसे अब थी ही नहीं।

—तुम्हारी स्टडीज कैसे चल रही है रेनी? मैंने पूछा।

सिर झुकाये रेनी ने जवाब दिया—डूइंग वेल अंकल—

चार्ली के साथ भी बात करके उन्हें अपने बीच लाने की कोशिश करने लगा मैं। बड़े ही अच्छे बच्चे थे दोनों। माँ के मुँह पर जवाब देने की हिम्मत नहीं थी दोनों में से किसी में। लेकिन माँ को प्यार भी बहुत करते थे। हर काम माँ से पूछकर करते थे।

बातों के बीच में अचानक फ्रेडी उठ गया। बोला—मेरा सिर बड़ा दर्द कर रहा है, मैं उठता हूँ आण्टी।

—सिर दर्द कर रहा है?

अचानक एकदम से उद्विग्न हो उठीं मेम साहब। बिना और कुछ कहे फ्रेडी घर के अन्दर चला गया। मेम साहब भी साथ-ही-साथ उठ गयीं और फ्रेडी के पीछे-पीछे चली गयीं अन्दर। बगीचे में मैं, चार्ली और रेनी बैठे रह गये!

—अचानक फ्रेडी को सिर दर्द क्यों होने लगा—मैंने चार्ली से पूछा।

—आजकल प्रायः फ्रेडी को सिर दर्द होने लगता है। नाइट ड्यूटी करता है न—चार्ली ने जवाब दिया।

रेनी बोली—इसीलिए तो मम्मी फ्रेडी के कमरे में सोती हैं, उसके सिर में यू डी कोलन लगा देती हैं।

—तुम्हारा बावर्ची याकूब कैसा खाना बनाता है?

—नाट बैड, लेकिन जोसेफ-जैसा नहीं बनाता अंकल। जोसेफ की बनायी डिशेज बहुत अच्छी लगती थीं हमें।

—तो फिर तुम्हारी मम्मी ने जोसेफ को निकाल क्यों दिया?

—जोसेफ मम्मी के कमरे में ताक-झाँक करता था न—रेनी ने जवाब दिया।

—क्यों ताक-झाँक करता था?

—चोरी करने का इरादा था उसका। चोर था वह—रेनी ने फिर जवाब दिया।

—लेकिन इससे पहले भी कभी चोरी की थी उसने?

—नहीं, मम्मी कह रही थीं कि डैडी के मरने के बाद से ही उसे चोरी का लालच पड़ गया था। मालूम है अंकल, फ्रेडी हमारे घर नहीं रहना चाहता अब। वह चला जायेगा!

—वह क्यों? आश्चर्यचकित होकर मैंने पूछा।

चार्ली बोला—लोको शेड से यह मकान दूर बहुत पड़ता है न; इसलिए।

—पर अगर घर की ही बात है तो तुम लोग यह मकान बदल भी सकते हो।

—पर मम्मी रेलवे क्वार्टर में नहीं जायेंगी। हमारे डैडी रेलवे क्वार्टर में नहीं रहना चाहते थे।

—लेकिन फ्रेडी को अगर रेलवे क्वार्टर मिला, तो क्या करोगे?

रेनी बोली—ऑफिस से तो फ्रेडी को रेलवे क्वार्टर मिल ही रहा है। पर मम्मी मना कर रही हैं—उनका कहना है कि वहाँ जाने पर फ्रेडी की देखभाल कौन करेगा? उसकी हेल्थ पहले ही अच्छी नहीं है—

मन उखड़-सा गया था सो और बैठा नहीं गया। उठ गया मैं। चार्ली और रेनी सूखा-सा मुँह लिये बैठे रहे वहीं।

उस दिन अचानक फर्नाण्डिस साहब आये मेम साहब से मिलने। चक्रधरपुर के कण्ट्रोल ऑफिस में डिप्टी कण्ट्रोलर हैं फर्नाण्डिस। बाजार की तरफ जा रहे थे साइकिल पर सो रास्ते में उतर गये।

दरवाजे पर आवाज लगायी—हैलो आण्टी—आर यू इन?

भागी-भागी बाहर आयीं मेम साहब।

—क्या हाल है, जूली—

—इधर से गुजर रहा था, तुम्हारा ख्याल आ गया आण्टी। सोचा आण्टी से मिलता चलूँ।

बड़ा आदर-सत्कार किया मेम साहब ने। बोलीं—बैठो-बैठो जुली, हैव सम कोल्ड ड्रिंक्स—

फर्नाण्डिस शायद जल्दी में था—बोला—नहीं, नहीं आण्टी, मैं तो शॉपिंग के लिए निकला था।

—तो फिर जरा-सी जिन या रम दूँ।

पर फर्नाण्डिस कुछ भी लेने को तैयार नहीं हुआ। फ्रेडी कहाँ है?—उसने पूछा।

—वह तो ड्यूटी पर गया है। जानते हो जूली, आजकल फ्रेडी की हेल्थ ठीक नहीं चल रही काफी दिन से।

—सुना है उसे क्वार्टर मिल रहा है?

हाँ मिल तो रहा है, पर मैं उसे क्वार्टर में जाने नहीं दे रही। वहाँ उसकी देखभाल कौन करेगा जूली? उसे देखनेवाला है ही कौन? वो जोसेफ तुम्हारे यहाँ काम कर रहा है न?

—हाँ, काम अच्छा कर रहा है आण्टी, आ'एम सैटिस्फाइड—

—चोरी-वोरी तो नहीं करता?

—कहाँ, अभी तो ऐसी बात पता चली नहीं।

—लेकिन सावधान रहना जूली। मेरी बात तो सुनी नहीं तुमने, रख लिया उसे। कभी अगर कुछ खो जाये तो मुझे दोष मत देना।

फिर जरा रुककर बोलीं—मेरे बारे में कुछ कह रहा था क्या वह?

—ना, उसने तो कुछ भी नहीं कहा। हाँ, जॉनी के बारे में बहुत बात करता है। उसकी अभी भी बहुत रेस्पैक्ट करता है—कहता है ऐसा मास्टर और नहीं मिलेगा।

—वह तो कहेगा ही। जॉनी ने ही तो उसे इतना सिर चढ़ा लिया था! तुम उसे निकाल दो जूली, इस तरह का बावर्ची रखने से एक दिन मुश्किल में पड़ जाओगे तुम, तब याद आयेगी आण्टी की बात।

फर्नाण्डिस ही नहीं, जितने भी मिलनेवाले आते हर एक के सामने स्वयं को निर्दोष साबित करने का प्रयत्न करती थीं मेम साहब।

कहतीं—मैं तो साफ बात कहने का आदी हूँ। भई नौकर हो, नौकर की तरह रहो। हम तेरे मालिक हैं या तू हमारा मालिक?

फिर सबसे पूछतीं—अच्छा तुम लोग ही बताओ, जब मैंने जोसेफ को डिस्चार्ज कर दिया था तो जूली को उसे रखना चाहिए था? यह तो एक तरह मेरी इन्सल्ट करना हुआ।

सिर हिला देते सब मिसेज डी'सा की बात पर। सिगरेट का कश लेते हुए कहते—क्वाइट राइट। ठीक बात है! बेडरूम में ताक-झाँक करना! क्राइम है यह तो!

लेकिन जोसेफ को रखने के कारण कोई जूली को बुरा भी नहीं कहता था।

उस दिन फिर उधर के घर से जोर-जोर से बोलने की आवाजें आने लगीं।

सोचा आज फिर शायद किसी नौकर के साथ खटपट हो गयी है। फिर किसी को निकाल रही होंगी। किसी के जोर से चिल्लाने की आवाज आयी कान में। कान लगाकर सुनने की कोशिश की पर कुछ समझ में नहीं आया।

अचानक फ्रेडी की आवाज सुनायी दी। वह कह रहा है—अब मैं यहाँ नहीं रहूँगा। जा रहा हूँ मैं।

आमतौर पर फ्रेडी प्रतिवाद नहीं करता। कभी ऊँचा बोलते भी नहीं सुना उसे। वह इस तरह क्यों चिल्ला रहा है?

देखा फ्रेडी कमरे से बाहर निकल आया और मेम साहब उसका हाथ पकड़कर खींच रही हैं। कह रही हैं—नहीं फ्रेडी, प्लीज, मत जाओ—प्लीज!

फ्रेडी बोला—नहीं, किसी तरह नहीं रहूँगा, मुझे नहीं अच्छा लगता यहाँ रहना।

—नहीं प्लीज—नहीं—प्लीज फ्रेडी!

अजीब दृश्य था। घर के सारे नौकर-चाकर मुँह बाये देख रहे थे। सबके सामने मेम साहब इस तरह नाटक करेंगी, मेरी कल्पना से परे था।

अन्त में फ्रेडी और अधिक प्रतिवाद नहीं कर सका। शायद आण्टी का मुँह देखकर दया आ गयी। धीरे-धीरे घर के अन्दर चला गया।

अब तक मैं छिपकर सब देख रहा था। उन लोगों के अन्दर जाते ही मैंने कान लगाये सुनने के लिए। रोने की आवाज सुनायी दी। लगा जैसे फूट-फूटकर रो रही हैं मेम साहब। शायद फ्रेडी को दोनों बाँहों में जकड़े हुए थीं।

मुझे और आश्चर्य हुआ। यह तो स्वाभाविक नहीं है, सहज भी नहीं है। यह तो अपवाद है।

उस दिन इससे अधिक नहीं जान सका कुछ। घर छोड़कर फ्रेडी का जाना भी नहीं हुआ उस रोज।

उसके बाद एक दिन एक बात ने मुझे गहरे सोच में डाल दिया। बात ही कुछ ऐसी थी।

रेलवे इन्स्टीट्यूट में एक पार्टी थी उस दिन। दिसम्बर के महीने में बड़े दिन के समय हर साल इस तरह का उत्सव होता है। चक्रधरपुर में हमेशा से ऐंग्लो-इण्डियन्स की बहुलता रही है। नागपुर पैसेञ्जर पर जो लोग कभी चढ़े हैं वह जानते हैं कि ट्रेन प्लेटफार्म पर पहुँचते ही कितने ऐंग्लो-इण्डियन लड़के-लड़कियों की भीड़ दिखायी देती है। ट्रेन के पैसेंजरों को देखने आते हैं वह लोग। जब तक ट्रेन प्लेटफार्म पर खड़ी रहती है साइकिल पर इधर-से-उधर घूमते रहते हैं। ट्रेन चले जाने पर वापस कॉलोनी में लौट जाते हैं। पीछे कैरियर पर लड़की को बैठाये घूमना उनकी प्रतिदिन की दिनचर्या है।

और तब तो ब्रिटिश राज था। ब्रिटिश व ऐंग्लो-इण्डियन में कोई ज्यादा अन्तर नहीं था। विशेषकर रेलवे की नौकरी में तो ऐसा नहीं ही था।

इण्स्टीट्यूट की बगल से जा रहा था मैं। खिड़की से अन्दर का सब-कुछ दिखायी देता था। नाच हो रहा था अन्दर। पचासों जोड़े नाचते हुए हाल में घूम रहे थे।

ऐसा लगा जैसे फ्रेडी भी है उनमें। जाने क्यों विश्वास करने का मन नहीं हुआ। फ्रेडी तो नाचनेवाला लड़का नहीं है, खासकर लड़कियों के साथ।

पहचान पाता हूँ या नहीं यह सोचकर लड़की के मुँह की ओर देखा मैंने।

बड़ा भोला-भाला सौम्य चेहरा लगा लड़की का। दोनों एक-दूसरे की आँखों-में-आँखें डाले हाथ-में-हाथ पकड़े एकाग्र मन नाच रहे थे।

यथा रीति हम लोगों का इस तरह देखना अच्छा नहीं समझा जाता था। इनकी नजरों में हम अन्त्यज थे। उस जमाने में अन्ततः ऐंग्लो-इण्डियन समाज में हम लोग हेय दृष्टि से ही देखे जाते थे। जल्दी से वहाँ से खिसकने की सोच ही रहा था कि पैर जहाँ-के-तहाँ रुक गये। देखा मिसेज डी'सा जल्दी-जल्दी पाँव बढ़ाती अन्दर घुस रही थीं।

किसी भी तरह नहीं हट सका वहाँ से। पाँव जैसे चिपक गये थे जमीन से।

मेम साहब सीधे फ्रेडी के पास पहुँचीं और उसे पकड़कर बोलीं—फ्रेडी, माइ ब्वाय, फ्रेडी—

नाच में बाधा पड़ने पर फ्रेडी ने पीछे मुड़कर देखा और मिसेज डी'सा को देखकर नाचना बन्द कर दिया।

बोला—आण्टी, तुम?

जाने कैसे तो एक आतंक से मन सिहर उठा मेरा। फिर झगड़ा बढ़ेगा क्या? झगड़ना भी तो मनुष्य की अन्यतम वृत्ति है। विशेषकर औरतों की। मिसेज डी'सा को देखकर लगा जैसे आदिम क्षुधा की प्रतिमूर्ति थीं वह। पति की मृत्यु के बाद उनका बाहरी मुखौटा जैसे क्षणभर में उतर गया था और आदिम क्षुधा ने अपना स्थान ले लिया था। लेकिन सचमुच जो सोचा था वही हुआ। ठीक से सुनायी नहीं दे रहा था। उनकी बातें म्यूजिक की आवाज में दबी जा रही थीं।

तब भी कान लगाकर जितना सुना जा सके सुनने का प्रयत्न करने लगा। मेरे अगल-बगल और भी कई लोग तमाशा देखने को आकर खड़े हो गये थे।

—आण्टी, तुम यहाँ से जाओ प्लीज!

पर मेम साहब भला कैसे छोड़ देतीं। बोलीं—नहीं, तुम्हारी हेल्थ खराब है फ्रेडी, तुम घर चलो, आराम करो चलकर।

फ्रेडी बोला, मैं बाद को घर आऊँगा, आण्टी। अभी डान्स चल रहा है, तुम जाओ यहाँ से प्लीज!

—नहीं फ्रेडी, तुम्हारी हेल्थ वीक है, अभी तो तुम बुखार से उठे हो। घर चलो। तुमने तो कहा था ज्यादा देर नहीं रुकोगे, बस मिलकर घर चले आओगे?

—मैं तो घर ही आ रहा था, आण्टी। लेकिन नैन्सी के कहने से थोड़ा नाचने लगा।

—नहीं, नहीं फ्रेडी जिस-विस के साथ नाचना उचित नहीं है। तुम्हारी एक पोजीशन भी है, इसे क्यों भूलते हो!

—नैन्सी के बारे में इस तरह की बात मत कहो। आण्टी वह मेरी फ्रेण्ड है—

—होने दो फ्रेण्ड, उसका फादर रेलवे में किस पद पर है जानते हो?

—तुम शायद पहचानती नहीं उसे आण्टी? उसका फादर तो यार्ड फोरमैन है। वह क्या बैठे हैं मिस्टर बुकानन, उन्हें नहीं पहचानतीं तुम?

—नहीं, और पहचानने की जरूरत भी नहीं है मुझे। नॉन गजेटेड रैंक के लोगों के साथ मिलना-जुलना मैं नहीं चाहती। तुम यहाँ से चले चलो फ्रेडी—अभी!

मिस्टर फर्नाण्डिस दूसरी तरफ जाने क्या कर रहे थे। गोलमाल सुनकर इधर आये तो अवाक् रह गये।

—यह क्या, आण्टी तुम?

जैसे डूबते को किनारा मिला!

—तुम्हीं देखो न जूली! फ्रेडी का काण्ड। अभी-अभी बुखार से उठा है और यहाँ आकर नाच रहा है। तुम समझाओ न इसे! कहो मेरे साथ घर चला जाये, ही इज वीक—

जूली बोला—थोड़ा नाच भी लेने दो आण्टी आज तो क्रिसमस है, इसलिए वह आया है। रोज-रोज तो आता भी नहीं। तुम कुछ मत कहो उससे—

—लेकिन जब फ्रेडी बीमार पड़ेगा तो भुगतना तो मुझे ही पड़ेगा जूली। उस समय तुममें से तो कोई नहीं आयेगा सेवा करने। इसकी माँ है जब वह आकर मुझसे कहेगी कि तूने उसे ठीक से देखा क्यों नहीं, खाने को क्यों नहीं दिया, तब मैं भला क्या जवाब दूँगी उसे? मेरी भी तो जिम्मेदारी है कुछ—

जाने कैसा तो एक हाहाकार-सा सुनायी दे रहा था इनके स्वर में। आदिम विनती। मुझे लगा जैसे घटनाचक्र में मेम साहब एक बच्ची बन गयी हैं। बच्चे भी शायद इस तरह की गलत जिद करने में शर्म महसूस करते हों। लेकिन मिसेज डी'सा तो वह भी भूल गयी थीं।

जूली की समझ में नहीं आया कि क्या कहे। असहाय दृष्टि से फ्रेडी की ओर देखा उसने। फ्रेडी की समझ में भी नहीं आ रहा था कि क्या करे।

नैन्सी की ओर देखकर बोला—जाऊँ मैं? आण्टी लेने आयी हैं मुझे जाऊँ नैन्सी?

बड़ा ही करुण हो उठा नैन्सी का चेहरा। फ्रेडी से और भी चिपककर खड़ी हो गयी वह। बोली—नो, आज तो तुमने मेरे घर चलने को कहा था?

यह सुनते ही जैसे मेम साहब का पारा चढ़ गया। नैन्सी के सामने जाकर चीखकर बोलीं—तुम लोग मेरे फ्रेडी को इस तरह बहका क्यों रहे हो भला? जानती नहीं हो फ्रेडी की माँ नहीं है? मुझे ही उसका भला-बुरा देखना पड़ता है—

तमककर नैन्सी ने कहा—आपके साथ कौन बात कर रहा है जी? मैंने आपसे कुछ कहा है क्या जो मुझे कहने आयी हैं? आप होती कौन हैं मुझे कुछ कहनेवाली?

गरजकर मेम साहब बोलीं—ओह, तुम्हारी यह हिम्मत? मुझसे मुँहजोरी? सुनूँ तो जरा तुम्हीं कौन-सी अफलातून की बेटी हो। स्टेटस ही क्या है तुम्हारा जो फ्रेडी पर डोरे डाल रही हो?

फ्रेडी से रहा न गया। बीच में आकर बोला—आण्टी तुम चुप रहो, तुम उससे कुछ मत कहो—प्लीज़! शी इज माई फ्रेण्ड!

—क्यों नहीं कहूँ कुछ? जब मैं तुमसे बात कर रही थी तो वह क्यों बीच में बोली? हू इज शी?

फर्नाण्डिस ने देखा कि यह तो बेकार का झगड़ा खड़ा हो गया समझाते हुए बोला—आण्टी, तुम चीखो-चिल्लाओ मत। उनके बीच में क्यों पड़ने आयी तुम? वह लोग यंग हैं, यही तो उनकी उम्र है एन्ज्वाय करने की, तुम घर जाओ फ्रेडी आ जायेगा बाद को—

क्यों, बाद को क्यों आयेगा? मैं उसकी कोई नहीं लगती क्या, जाने कहाँ के ऐरे-गैरे आकर उसे बहकाने लगें और मैं कुछ न बोलूँ मुझसे ज्यादा वह हो गयी आज फ्रेडी के लिए?

होते-होते बात इतनी बढ़ गयी कि नाच बन्द करके सब उधर ही देखने लगे। उधर से मिस्टर बुकानन भी आ पहुँचे।

बोले—ह्वाट इज अप नैन्सी?

—वह शायद आपकी लड़की है? आप तो यार्ड फोरमैन हैं न!

बचपन में यार्ड ब्वाय बनकर नौकरी में आये थे मिस्टर बुकानन। ऐंग्लो-इण्डियन होने के कारण जल्दी-जल्दी तरक्की पाकर यार्ड फोरमैन बन गये थे। लेकिन बहुत-से ऐसे लोग थे जिनके सामने उनकी इज्जत बढ़ी नहीं थी। बच्चे बड़े हो गये थे इसलिए समाज में मिलने-जुलने का सुयोग मिल गया था। जीवनभर शिफ्ट ड्यूटी करते रहे और शराब पीते रहे। जमा-पूँजी भी इकट्ठा नहीं हुई कुछ। रेलवे प्राविडेण्ट फण्ड के रुपये हाथ में आने के बहुत पहले लिवर सड़ने से मर जायेंगे। और तब सब मिलकर कब्र में उतार आयेंगे।

लड़की के साथ किसी की बात होते देखकर उधर चले आये थे। मिसेज डी'सा की बात सुनकर हक्के-बक्के रह गये क्षणभर को। फिर सँभलकर बोले—हाँ, मैं यार्ड फोरमैन बुकानन हूँ, मिस्टर डी'सा की मेरे साथ अच्छी जान-पहचान थी।

इस बात का कोई उत्तर न देकर मेम साहब बोलीं—आपकी लड़की इतनी बड़ी हो गयी पर अभी तक उसे किसी लेडी के साथ बात करना नहीं आया? जरा भी मैनर्स नहीं सीखे इसने।

—नैन्सी? नैन्सी ने क्या किया है?

—नैन्सी ने क्या किया है यह नैन्सी से ही पूछिये।

बूढ़ा बाप बेटी की ओर घूमकर बोला—क्या हुआ नैन्सी?

नैन्सी ने कहा—होता क्या? कुछ भी नहीं हुआ—

—कुछ नहीं हुआ मतलब?

फिर से गुस्सा आ गया मेम साहब को। बोलीं—तुम फ्रेडी को मेरा घर छोड़कर क्वार्टर में रहने के लिए नहीं भड़का रही हो? नहीं तो मैंने किसी का क्या बिगाड़ा है जो वह मेरा घर छोड़कर क्वार्टर में जाना चाह रहा है। सोचा होगा क्वार्टर में चले जाने से फ्रेडी का सर खाने के लिए सुविधा मिल जायेगी, क्यों?

फ्रेडी ने बीच में टोका। बोला—नहीं आण्टी, नैन्सी ने तो यह कभी नहीं कहा। डी० एल० एस० ने स्वयं मुझे क्वार्टर में जाने के लिए कहा है। लोको शेड के पास रहेगा इसलिए!

—चुप रहो तुम! धमकाया मेम साहब ने।—तुम बीच में मत बोलो। मैं जैसे कुछ समझती ही नहीं। डी० एल० एस० तुम्हारे से ज्यादा मुझे जानते हैं। तुम्हारी यह नौकरी किसने लगवायी? इस नैन्सी ने लगवायी या डी० एल० एस० से कहकर मैंने?

जूली बोला—आण्टी, तुम बेकार की क्यों बात बढ़ा रही हो, आज क्रिसमस है, आज छोड़ दो उसे, जो हो गया हो गया—

—नहीं उसे नहीं छोड़ूँगी। चलो फ्रेडी, तुम्हें इन लोगों के हाथों में छोड़कर नहीं जाऊँगी मैं—कम-से-कम इस डायन के हाथ में तो कभी नहीं।

इस पर फ्रेडी ने कहा—मैं नहीं जाऊँगा आण्टी, तुम जाओ—

लेकिन मेम साहब ने उसकी एक नहीं सुनी। मैंने देखा, हाथ पकड़कर खींचने लगीं वह फ्रेडी का। मुश्किल में पड़ गया बेचारा! नैन्सी की ओर जाये या आण्टी की समझ नहीं पाया। हक्का-बक्का असहाय दृष्टि से सबकी ओर देखने लगा।

अन्त में मेम साहब उसे खींचते हुए बाहर ले आयीं। बाहर अँधेरा था तब भी देखा कि फ्रेडी को समझाते-बुझाते ले चलीं मेम साहब। साथ-साथ प्यार भी करती जा रही थीं। और उधर इन्स्टीट्यूट के अन्दर से कुछ लड़के-लड़कियों के जोर-जोर से मजाक करने व सीटी बजाने की आवाजें भी आ रही थीं। लेकिन मेम साहब का ध्यान ही नहीं था उस ओर। कितनी जल्दी फ्रेडी को लेकर घर पहुँच जायें इसी की चिन्ता थी उन्हें।

आज इतने दिन बाद जब उन पुरानी बातों को सोचता हूँ तो अपने स्वयं के मन में सन्देह होता है, यह सोचकर कि उस दिन सचमुच फ्रेडी की ओर मेम साहब का इतना आकर्षण क्यों था! जोसेफ का कहना ही सच था

क्या। या चाईबासा की कोर्ट में गवाह के कटघरे में खड़े होकर मेम साहब ने जो कुछ कहा था, वही सच था!

दरअसल मैंने अपनी आँख से तो कुछ देखा नहीं था। कोई देखता भी नहीं यह सब और देखने को मिलता भी नहीं यह किसी को। और फिर चक्रधरपुर के ऐंग्लो-इण्डियन समाज में व्यक्तिगत सम्पर्कों की यह विकृति भी कोई नयी बात नहीं है। आम बात थी यह एक-दूसरे से जुड़े हुए क्वार्टर साथ-साथ रहना और उस पर निर्मर्याद चाल-चलन। ऐसे में स्खलन-पतन होना तो लाजिमी है। इन सब बातों को लेकर अधिक-से-अधिक थोड़ा हँसी-मजाक होता; उससे अधिक कुछ नहीं। लेकिन ऐंग्लो-इण्डियन समाज को दोष देने से ही क्या! चार आँखों का यह खेल दूसरे समाजों में ही कौन-सा कम है? प्रतिदिन समाचार-पत्रों में जो खबरें निकलती हैं वह तो सभी समाजों की होती हैं।

परन्तु यह मामला बढ़ते-बढ़ते कोर्ट तक पहुँच जायेगा यह किसने सोचा था? चक्रधरपुर का ऐंग्लो-इण्डियन समाज ही नहीं वरन् हर व्यक्ति इस मामले को लेकर जैसे पागल हो उठा था उन दिनों।

मेरा घर बगल में होने के कारण हर कोई आ जाता था मेरे पास।

पूछता—हाँ महाशय, जो सुना है, सच है क्या?

मेरे लिये सारी बातें प्रकट रूप में, कहना भी सम्भव नहीं था। जितना कुछ जानता था, वही नहीं कह पाता था। भद्रभाव रखते हुए मेम साहब की जितनी इज्जत बचा पाता बचाकर बोलता था। उससे अधिक नहीं।

तारक बाबू रिटायर्ड हेड क्लर्क थे। काफी दिन हो गये थे रिटायर हुए। काम-काज कुछ था नहीं। लड़का नौकरी से लग गया था। राँची रोड की तरफ उनका आना-जाना खत्म हो गया था। उस दिन उन्हें अपने घर देखकर हैरान रह गया। लाठी टेकते-टेकते सीधे अन्दर चले आये।

बोले—तरह-तरह की बातें सुनायी दे रही हैं बेटा। सोचा तुम तो पड़ोस में रहते हो तुम्हें तो जरूर मालूम होगा सब-कुछ। कुछ बताओ न?

मैंने जवाब दिया—जो कुछ जानता हूँ सब तो बता दिया आपको। इससे ज्यादा तो सुनी हुई बातें हैं और मेरी भी—आपकी भी।

—सुना है बुकानन साहब की लड़की जहर खाने लगी थी?

—अच्छा? मैंने तो ऐसा कुछ नहीं सुना, आपके ही मुँह से आज पहली बार सुन रहा हूँ। रेलवे क्वार्टर यहाँ से बहुत दूर पड़ते हैं न! इसलिए वहाँ की खबरें मुझसे ज्यादा आप लोगों को मिल जाती हैं।

—तो तुम कहना चाहते हो कि विष खाने की बात तुमने नहीं सुनी? कुछ भी नहीं सुना?

केवल विष खाने की नहीं और भी बहुत-सी खबरें उड़कर कानों में पहुँचने लगी थीं।

रामलिंगम बाबू आकर बोले तुम तो शुरू से ही हो यहाँ। बल्कि उससे भी पहले डी'सा साहब के जमाने से हो। हसबैण्ड-वाइफ में कैसा रिलेशन था?

—बहुत अच्छा—मैंने जवाब दिया।

—अच्छा बताओ तो अचानक ऐसा कैसे हो गया? पहले तो औरत का स्वभाव-चित्र ऐसा खराब नहीं था। मैं भी तो बहुत दिनों से उसे देखता आ रहा हूँ। किसी जमाने में बड़ी सुन्दर थीं, भले ही अब बुढ़ा गयी हों।

क्या जवाब दूँ उन सब बातों का मेरी समझ में नहीं आया। मिसेज डी'सा न तो तारक बाबू की कोई लगती थी और न ही रामलिंगम की, मित्र थी, तब भी उसके मामले में तारक बाबू या रामलिंगम को क्यों इतनी दिलचस्पी थी समझ नहीं पाता मैं।

असल में जिस दिन फ्रेडी घर छोड़कर जबर्दस्ती क्वार्टर में चला गया उसी दिन से गोलमाल शुरू हुआ। वह भी एक विस्फोट ही था जिससे सारा घर जैसे हिल गया था।

घर के सामने एक गाड़ी खड़ी थी, जिसमें बूढ़ा यार्ड फोरमैन बुकानन साहब और उनकी लड़की नैन्सी बैठी थी। फ्रेडी घर के अन्दर अपना सूटकेस लेने गया था।

ठीक उसी समय मेम साहब ने देख लिया।

—फ्रेडी, माई ब्वाय, कहाँ जा रहे हो तुम? कब आये?

लेकिन फ्रेडी बिना कोई उत्तर दिये जल्द से बाहर निकलकर गाड़ी में बैठने चल पड़ा था। पहले तो मेम साहब की समझ में कुछ नहीं आया। पर फ्रेडी के पीछे-पीछे बाहर आते ही गाड़ी दिखायी दे गयी उन्हें। फिर तो जैसे उनका माथा ही घूम गया। वे जोर-जोर से आवाज लगाने लगीं फ्रेडी-फ्रेडी—

मेम साहब तो दौड़कर सड़क पर ही पहुँच जातीं मगर उससे पहले ही फ्रेडी गाड़ी में बैठ चुका था। मेम साहब के साथ-साथ चार्ली और रेनी भी अन्दर से निकल आये थे। और गाड़ी तब तक अपने पीछे धूल का गुब्बार छोड़ती राँची रोड पर काफी दूर चली गयी थी।

इस हद तक कल्पना नहीं की थी मेम साहब ने। यहाँ तक कि चार्ली व रेनी ने भी नहीं सोचा था कि फ्रेडी उनके साथ ऐसा व्यवहार करेगा।

दूसरे दिन मुझे देखते ही रो पड़ी थीं मेम साहब। बोली थीं—राइटर! मालूम है, फ्रेडी हमें छोड़कर चला गया।

पति की मृत्यु पर भी शायद मेम साहब इतना नहीं रोयी थीं जितना उस दिन फ्रेडी के घर छोड़कर चले जाने पर रोयी थीं।

मैंने पूछा था—कहाँ चला गया फ्रेडी?

—क्वार्टर में। कॉलोनी में क्वार्टर मिल गया है उसे—सुबकते हुए मेम साहब ने जवाब दिया था।

मैंने कहा—पर क्वार्टर में क्यों गया? तुम्हारे यहाँ क्या कोई तकलीफ थी उसे?

—वह है न नैन्सी बिच, वही है सारी बातों की जड़। और उसका बाप वह यार्ड फोरमैन। मुझे तो फूटी आँख नहीं सुहाता वह। और फिर तो जो मन आया कहती चली गयी थीं।

फिर एक दिन वे सीधी जा पहुँचीं डी० एल० एस० साहब के पास। मिस्टर जेन्किन्स, तुमने फ्रेडी को क्वार्टर क्यों दिया? उसको क्या रहने की तकलीफ थी। क्यों तुमने मेरे साथ ऐसा किया?

डी० एल० एस० मिस्टर जेन्किन्स किसी जमाने में लोको फोरमैन थे। चक्रधरपुर से अच्छी तरह वाकिफ थे। इसके अलावा इन्स्टीट्यूट में उस दिन जो हुआ था वह भी उनके कानों तक पहुँच चुका था। और सिर्फ उनके कानों में ही क्यों, हरेक के कानों में चली गयी थीं वे बातें।

डी० एल० एस०, डी० टी० एस०, ए० टी० एस० सबने ठट्ठा किया था बात को लेकर। बात फ्रेडी को भी अच्छी नहीं लगी थी। क्रिसमस के अगले दिन ही वह भी डी० एल० एस० के यहाँ जा पहुँचा था।

—क्या बात है? उस दिन मिसेज डी'सा तुम्हें इन्स्टीट्यूट से क्यों खींच ले गयी थीं?

फ्रेडी ने जवाब दिया था—सर मेरी आण्टी नहीं चाहतीं कि मैं नैन्सी से विवाह करूँ—

—तुम्हारे साथ मिसेज डी'सा के क्या रिलेशन्स हैं?

—आपको तो सब मालूम ही है सर, एप्लीकेशन में ही मैंने सब-कुछ लिख दिया है। मेरी आण्टी हैं वह।

—तुम लोग क्या एक ही कमरे में सोते हो?

बात का जवाब देने में फ्रेडी की आँखें छलछला उठीं। बोला—सर, आप अगर मुझे क्वार्टर नहीं देंगे तो स्यूसाइड करने के अलावा मेरे पास और कोई चारा नहीं रहेगा।

इसके बाद और कुछ नहीं कहा था मिस्टर जेन्किन्स ने। यों तो क्वार्टर मिलना आसान नहीं होता, लेकिन स्पेशल केस होने के कारण एक क्वार्टर खाली करा दिया था डी० एल० एस० ने। बात बिल्कुल गोपनीय रही। किसी को पता नहीं चला। उसके बाद जिस दिन फ्रेडी चला गया तो लोगों को बातें करने का एक नया विषय मिल गया।

मिस्टर जेन्किन्स को थोड़ा आश्चर्य हुआ मेम साहब की बात सुनकर।

बोले—क्यों, मैंने तुम्हारे साथ क्या किया मिसेज डी'सा? फ्रेडी बड़ा हो गया है, नौकरी करता है, और अब तो शादी की उम्र भी हो गयी है उसकी। शादी करके तुम्हारे घर कैसे रहेगा? कमरा कहाँ है तुम्हारे पास?

—लेकिन फ्रेडी चाइल्ड है, अभी भी बच्चा है। अभी शादी करके क्या करेगा?

—क्या उम्र है फ्रेडी की?

उम्र की बात टालते हुए मेम साहब बोलीं, पर उसके सारे काम अभी तक मुझे ही करने पड़ते हैं मिस्टर जेन्किन्स! वह क्या पहनेगा, क्या खायेगा, कब ड्यूटी पर जायेगा, सब मुझे ही तो देखना पड़ता है।

—यह सब चिन्ता अब से तुम्हें नहीं करनी पड़ेगी मिसेज डी'सा। अब से यह सब नैन्सी करेगी।

—ह्वाट? वह यार्ड फोरमैन की जरा-सी छोकरी? कह क्या रहे हो तुम?

डी० एल० एस० बोले—नैन्सी अब छोटी नहीं रही मिसेज डी'सा। कोई भी हमेशा छोटा नहीं रहता। एक दिन सब बड़े होते हैं। बाप, माँ, दादी किसी के नहीं रहते हमेशा। संसार में किसी के बिना किसी को कोई असुविधा नहीं होती मिसेज डी'सा। अब तुम उसे छोड़ दो—

—पर मैं उसके बिना रह जो नहीं सकती मिस्टर जेन्किन्स।

—उसके भले के लिए ही तुम्हें उसे छोड़ना होगा मिसेज डी'सा। छोड़ना ही पड़ेगा।

—वह चला गया तो मैं जिन्दा कैसे रहूँगी मिस्टर जेन्किन्स?

—क्यों तुम्हारे अपने भी तो बेटे-बेटी हैं। फिर वह भी तो एक दिन बड़े होंगे। वह भी तो एक दिन तुम्हें छोड़कर चले जायेंगे।

—वह जब जायेंगे तब जायेंगे। उनके जाने से मुझे इतना कष्ट नहीं होगा।

—तो तुमने फिर से शादी क्यों नहीं कर ली?

—शादी?

और सोफे पर बैठे-बैठे मुँह नीचा करके रोना शुरू कर दिया मिसेज डी'सा ने।

बड़ी दया आयी मिस्टर जेन्किन्स को उन्हें उस तरह रोते देखकर।

आवाज दी—मिसेज डी'सा!

मुँह उठाकर देखा मिसेज डी'सा ने लेकिन मुँह से कोई बात न निकल पायी।

मिस्टर जेन्किन्स बोले—मिसेज डी'सा, तुम बहुत एजीटेटेड (क्षुब्ध, व्यथित) हो, थोड़ी ब्राण्डी लोगी? ब्राण्डी लाने को कहूँ?

मिसेज डी'सा बोलीं—ब्राण्डी पीने से भी मुझे कोई फायदा नहीं होगा मिस्टर जेन्किन्स! आज कितने दिन हो गये पीते हुए ह्विस्की पीती हूँ, मैं फ्रेडी को भूलने की कोशिश में सब-कुछ कर रही हूँ पर भूल नहीं पा रहीं—

हाय रे! संसार में कितने तरह के मनुष्य हैं और न जाने उनकी कितनी समस्याएँ हैं जो सामने आती रहती हैं। खाने-पहनने-रहने की समस्या ही क्या अकेली समस्या है। नून-तेल-लकड़ी के बाद लड़की की शादी, लड़के की पढ़ाई, इज्जत, अपमान एक के बाद एक ढेरों समस्याएँ जैसे द्रौपदी के चीर की भाँति बढ़ती ही जाती हैं। लेकिन कभी-कभी उनके बीच एक ऐसी अद्‌भुत समस्या भी आ खड़ी होती है जो कल्पनातीत होती है। यह क्या है? कैसी है? मनुष्य-जीवन का यह पहलू भी है, मानो आँख में उँगली डालकर नये सिरे से दिखा गयीं मिसेज डी'सा! इतने पक्षों को लेकर मैंने कहानियाँ लिखी हैं, लेकिन यह पक्ष तो कभी देखा ही नहीं। और देखूँ भी तो लिखूँगा कैसे? यह सब क्या लिखने की बातें हैं।

ऐसी बहुत-सी बातें होती हैं जो लिखी नहीं जातीं, जिनको लेकर लिखना उचित भी नहीं होता। जिनको लेकर लिखना मनुष्य की रुचि के विरुद्ध है। इसीलिए इतने दिनों तक यह कहानी नहीं लिखी गयी। एक तरह से भूल ही गया था मैं यह घटना। सोचा था जो छिपाने की बात है छिपी ही रहे। जड़ के जिस प्रकार धरती के अन्दर छुपे रहने से वृक्ष का सौन्दर्य बढ़ जाता है उसी प्रकार कटु सत्य के छुपे रहने से जीवन का सौन्दर्य भी बढ़ता है।

पर उन सज्जन ने ऐसी बात कही क्यों? क्यों पूछा कि हम लोग किताब देखकर कहानी लिखते हैं क्या!

हिन्दी में एक कहावत है—बात का दाम एक रुपया, चुप रहने का दो। रुपये से ही यदि चीज की कीमत आँकी जाती है तो मैंने इतने दिन तक चुप रहकर ही अधिक मुनाफा कमाया था। पर अब उन सज्जन ने ही मुझे बोलने को बाध्य कर दिया है।

फ्रेडी को सुबह उठकर ब्रेकफास्ट खाकर लोकोशेड ड्यूटी पर जाते रोज ही देखता था। सबने देखा है। जिस-जिसने भी इस मुकदमे में गवाही दी थी उन लोगों ने भी देखा था। सबने कहा था कि उन्होंने कभी फ्रेडी को काम का नागा करते नहीं देखा था—

वकील ने पूछा था—इन्स्टीट्यूट में जाकर सब लोग बार में बैठकर शराब पीते थे तब फ्रेडी को कभी नशे में होश-हवास खोते देखा था?

सभी ने कहा था—नहीं—

—कभी रिवॉल्वर दिखाकर किसी को डराते देखा है?

—नहीं।

सबने एक स्वर में यही कहा था कि उन्होंने कभी फ्रेडी को क्रोधित होते नहीं देखा, कभी ऊँचे स्वर में बोलते नहीं सुना।

तो फिर वही फ्रेडी अपने हाथों उस दिन चार्ली का खून करने क्यों गया?

पूरी घटना एक नाटकीय रूप में घट गयी थी। मैं कुछ भी नहीं जानता था इस विषय में बावजूद इसके कि नैन्सी के साथ मेम साहब का मनमुटाव चल रहा था। मेम साहब जब बिल्कुल मजबूर हो जातीं, अकेली

नहीं रह पातीं तो फ्रेडी के क्वार्टर में चली जातीं। सुबह, शाम, दोपहर जब भी मन छटपटाता, उसके घर की तरफ चल पड़तीं। फ्रेडी को देखतीं, उसके पास रहना चाहतीं। चक्रधरपुर के हर व्यक्ति ने यह देखा था। वह लोग सोचते थे देवर का लड़का है—अपने लड़के-जैसा। उसका भला-बुरा सोचकर यदा-कदा मिलने चली आती हैं बेचारी।

लौटकर मेरे पास आतीं कभी-कभी और दुःख प्रकट करते हुए कहतीं—जानते हो राइटर, फ्रेडी को वहाँ बड़ी तकलीफ है।

चकित होकर पूछता मैं—आप फिर वहाँ गयी थीं क्या?

उनका इस तरह वहाँ जाना किसी को भी अच्छा नहीं लगता था।

चार्ली भी गुस्से में अक्सर कहता—क्यों जाती हो मम्मी तुम वहाँ? नैन्सी इतना अपमान करती है तुम्हारा, फिर वहाँ क्यों जाती हो?

—क्यों, बुराई क्या है जाने में? वे पूछतीं।

चार्ली बड़ा हो गया था। बातों को समझने लगा था। कॉलेज में पढ़ता था। अधिकतर पढ़ने-लिखने में ही लगा रहता। जिस दिन उसने सुना था कि इन्स्टीट्यूट में सबने मिलकर माँ को अपमानित किया था और माँ फ्रेडी को जबर्दस्ती घर ले आयी थीं, उस दिन भी उसे अच्छा नहीं लगा था। माँ का अपमान जैसे उसका अपमान था, माँ का दुःख उसका दुःख था।

चार्ली ने कहा था—फ्रेडी अगर यहाँ रहना नहीं चाहता तो तुम जबर्दस्ती क्यों रखना चाहती हो उसे?

—लेकिन सोचो, नैन्सी क्या उसकी देख-भाल कर पायेगी।

—नैन्सी देखभाल करे या न करे इससे हमें क्या मतलब?

मेम साहब ने कहा था—हम लोग नहीं देखेंगे तो कौन देखेगा? हमारे अलावा उसका और है ही कौन? उसके क्या माँ-बाप बैठे हैं?

मैं समझ गया था कि चार्ली माँ के व्यवहार से असन्तुष्ट है। रेनी भी बड़ी हो गयी थी। उसे कर्सियांग के स्कूल में भेज दिया था मेम साहब ने। घर रह गये थे माँ और बेटा। और कोई नहीं।

चार्ली कॉलेज चला जाता और मेम साहब का समय काटे नहीं कटता। सारा घर भाँय-भाँय करता। रेलवे कॉलोनी में तब भी लोग दिखायी देते थे। आती-जाती ट्रेन की सीटी, लोकोशेड की आवाजें—सब मिलाकर एक कर्मव्यस्तता परिलक्षित होती थी वहाँ, लेकिन राँची रोड के इस निर्जन एकान्त में कौए बोलते थे बस।

ऐसे में जब नहीं रह पातीं तो फ्रेडी के क्वार्टर में चली जातीं। जब लौटतीं तो देखता मुँह सूखा हुआ होता।

कहतीं—मालूम है राइटर, आज उस तरफ गयी थी—

—किस तरफ?

प्रॉविजन खरीदने। लौटते हए फ्रेडी के क्वार्टर में भी गयी थी। देखा बड़ी तकलीफ में है। नैन्सी अच्छी तरह खाने को भी नहीं देती उसे। घर भी इतना गन्दा रखती है कि क्या बताऊँ तुम्हें?

—फ्रेडी मिला था।

—मिला था।

—क्या बोला?

—कुछ नहीं बोला। मैं बात करने जा रही थी, पर नैन्सी ने बात ही नहीं करने दी। निकाल दिया घर से मुझे।

यह क्यों!

मेम साहब इसका उत्तर नहीं देतीं। दो क्षण चुप रहकर कहतीं।

—राइटर, देखा फ्रेडी बहुत कमजोर हो गया है, गले की हड्डियाँ दिखायी देने लगी हैं। तुम्हीं बताओ क्या करूँ? डी० एल० एस० से कहूँ?

मैंने कहा—नहीं, क्या फायदा होगा? उस बार भी तो कहा था?

मेम साहब समझ नहीं पातीं कि क्या करें। आकाश-पाताल एक कर देतीं सोचते-सोचते। मैंने देखा फ्रेडी की चिन्ता में वह भी इन कुछ दिनों में दुबला गयी थीं। फ्रेडी का शोक अभी तक भूल नहीं पायी थीं वह? उसके बारे में बात करना उन्हें अच्छा लगता था। स्वप्न में भी जैसे उसी को देखती थीं। बड़ी करुण दशा थी उनकी इन दिनों।

उनकी यह हालत देखकर मुझे बार-बार जोसेफ की बात याद आती। तो क्या जो उसने कहा था सच था?

लेकिन आखीर में फ्रेडी के लिए मेम साहब ऐसा कर बैठेंगी, यह कौन जानता था?

चाईबासा के कोर्ट में केस पूरे जोरों पर था।

मिस्टर जेन्किन्स कटघरे में खड़े कह रहे थे—मैं डी० एल० एस० होने के नाते मिस्टर डी'सा को भी जानता था और अब आल्फ्रेड को भी

जानता हूँ। दोनों ही सच्चरित्र व्यक्ति रहे हैं। मिस्टर डी'सा शराब बहुत पीते थे पर ड्यूटीफुल थे। मिसेज डी'सा को भी जानता हूँ मैं। एक दिन वह मेरे घर भी आयी थीं और कहा था कि मैं आल्फ्रेड को रेलवे क्वार्टर न दूँ।

वकील ने पूछा था—क्वार्टर देने को क्यों मना किया था इसका कोई कारण बता सकते हैं आप?

—मेरा ख्याल है इसका कारण था आल्फ्रेड पर मिसेज डी'सा का अत्यधिक स्नेह!

—स्नेह के अलावा और कोई भी रिलेशन हो सकता है, ऐसा सन्देह है क्या आपके मन में?

—नहीं—मिस्टर जेन्किन्स ने जवाब दिया था।

—परन्तु चार्ली को क्या कभी अपनी माँ पर सन्देह हुआ था?

—यह मुझे नहीं मालूम।

सच तो है मिस्टर जेन्किन्स के लिए यह जानना सम्भव भी नहीं था। जानती थी केवल नैन्सी। नैन्सी ही इस मुकदमे की मुख्य गवाह थी। उसे शुरू से ही मिसेज डी'सा पर सन्देह था। उसकी नजरों से नहीं बच पायी थीं मेम साहब। नारी, नारी की नजर नहीं बचा पाती।

छोटी नाटी लड़की थी नैन्सी। यार्ड फोरमैन मिस्टर बुकानन की लड़की। रंग काला। अपने काले रंग और बदसूरती के लिए एक काम्प्लेक्स था उसमें हमेशा से। बचपन से ही पुरुष को अपनी ओर आकर्षित करने का प्रयत्न करती रही थी वह। रेलयार्ड में ही पलकर बड़ी हुई। वहीं यार्ड में ही रहना और यार्ड में ही मरना। नैन्सी ने समझ लिया था कि यार्ड के लोहे-लंगर के अन्दर ही श्वास-प्रश्वास लेकर जीवन बिताना होगा उसे। ऐंग्लो-इण्डियन समाज में काला होना महापाप है। और इस पाप का फल उसे जीवनभर भोगना होगा यह मान लिया था उसने। जितने भी लड़के उसके पास आये उन्होंने कृपा की ही दृष्टि से देखा उसे, दया ही प्रकट की उस पर। उसके यौवन को खेलने की वस्तु वे अवश्य मानते पर किसी ने भी उसे अपनाना नहीं चाहा। इसीलिए उसने भी किसी को अपनी अँगुली भी नहीं छूने दी। युवकों में भी उसके प्रति एक श्रद्धा-सी व्याप गयी थी।

एक पेग ह्विस्की पेट में जाते ही नशे से जिनका दिल दीवाना हो जाता है उनको ऐसी स्थिति आने पर मन-प्राण-देह-सम्पूर्ण आत्मसमर्पण में

हिचक नहीं रह जाती। इस तरह की लड़कियों का अभाव नहीं था चक्रधरपुर के ऐंग्लो-इण्डियन समाज में। वरन् उन्हीं की संख्या अधिक थी; अकेली नैन्सी ही मानो अपने अछूते यौवन के गर्व से सिर उठाकर चलती थी।

कहती—आई डोण्ट केयर—

किसने किसको केयर करने को कहा है और किसके केयर न करने के कारण आसमान नहीं टूट पड़ता इसका हिसाब भी रखती थी वह। वह जानती थी कि उसकी परवाह करके चक्रधरपुर का ऐंग्लो-इण्डियन समाज स्थिर नहीं हो जायेगा। इसलिए ज्यों-ज्यों उसकी उम्र बढ़ रही थी वह आत्मकेन्द्रित-सी होती जा रही थी। वह सोचती—नहीं मिलता कोई मेरे साथ तो न मिले। कोई नहीं नाचना चाहता मेरे साथ तो न नाचे। मेरे बाप का वेतन कम है तो भले हो। पर मेरा अहंकार बराबर बना रहेगा। अपनी स्वतन्त्रता लेकर मैं जिन्दा रहूँगी।

दूसरे लड़कों के लिए नैन्सी एक रात का नशा थी। रात बीती और पहचान खत्म। दूसरी रात दूसरे लड़के के साथ बिताने पर भी उन्हें गुस्सा नहीं आयेगा। वे इसका बुरा भी नहीं मानेंगे। वे कोई दूसरी ढूँढ़ लेंगे। यह सब अच्छी तरह जानती थी नैन्सी।

इसीलिए जब नैन्सी ने फ्रेडी को पहली बार देखा तो वह समझ गयी कि वह औरों-जैसा नहीं है, दूसरी तरह का है। दूसरे लड़कों की तरह नैन्सी के सामने आने पर वह हँसा नहीं। उसकी ओर देखकर अवज्ञा भी नहीं दिखायी उसने। इन्स्टीट्यूट में एक तरफ बैठा विलियर्ड का खेल देख रहा था वह। बिल्कुल सादा सरल चेहरा। ड्रिंक करना तो दूर की बात वह सिगरेट तक नहीं पी रहा था।

उस दिन नैन्सी स्वयं उसके पास आयी थी और बोली थी—तुम चक्रधरपुर में नये आये हो न?

—हाँ! फ्रेडी ने उत्तर दिया था।

—लगता है किसी से जान-पहचान नहीं है तुम्हारी?

—नहीं, फ्रेडी ने कहा था।

—आओ परिचय करा दूँ तुम्हारा—नैन्सी ने कहा, फ्रेडी को आश्चर्य हुआ थोड़ा।

बोला—पर तुम कौन हो? तुम्हें भी तो मैं नहीं जानता!

मैं यहाँ के यार्ड फोरमैन मिस्टर बुकानन की लड़की हूँ।

—क्या नाम है तुम्हारा?

—नैन्सी। और तुम्हारा?

—आल्फ्रेड। मेरी आण्टी मुझे फ्रेडी कहकर बुलाती हैं—

फ्रेडी का नाम अच्छा लगा या उसका व्यवहार यह तो पता नहीं चला पर इतना अवश्य लगा कि फ्रेडी नैन्सी को पसन्द आया था। इन्स्टीट्यूट में सब लोग जब विलियर्ड खेलने में तल्लीन थे, बाद में ग्लास लिये विभोर थे, नाचने में मस्त थे उस समय सबकी नजर बचाकर दोनों कहाँ अदृश्य हो गये इसका किसी को पता ही नहीं चला।

ऐसा क्यों होता है कौन जाने। कहाँ खड़गपुर का कोई आल्फ्रेड और कहाँ यार्ड फोरमैन की कोई काली लड़की नैन्सी। शायद प्रथम बार आँख-से-आँख मिलते ही जो होना था हो चुका था। यह शायद आँखों का ही दोष है। किसी की आँखों में किसी की आँखें पड़ जायें तो फिर उसका कोई इलाज नहीं रहता शायद। इसी का नाम शायद 'चार आँखों का खेल' है।

कौन बता सकता है कि नैन्सी को फ्रेडी क्यों अच्छा लगा?

दोनों जने सीधे नदी के किनारे चले गये थे। इतनी रात को नदी किनारे जाना विपद्‌जनक था। पर चक्रधरपुर में उन दिनों ऐंग्लो-इण्डियन्स का राज्य था। इन्हें कौन क्या कह सकता था? किसकी छाती इतनी चौड़ी थी?

नैन्सी खुद साइकिल चला रही थी और साइकिल के पीछे उसने फ्रेडी को बैठा लिया था।

—यह तुम कहाँ आ गयी?

नैन्सी ने कहा—यहाँ एकान्त है, कोई नहीं देख पायेगा हमें—

और फिर किनारे के एक पत्थर पर जाकर बैठ गये थे दोनों आमने-सामने। आमने-सामने बैठे बिना आँखों में आँखें डालकर बातें भला कैसे हो सकती थीं?

फ्रेडी ने पूछा—अगर किसी ने तुम्हें ढूँढ़ा तो?

—मुझे कोई नहीं ढूँढ़ेगा—नैन्सी ने जवाब दिया।

सुनकर चकित स्वर में फ्रेडी ने पूछा—क्यों?

—मैं काली हूँ न इसीलिए। सब मुझसे घृणा करते हैं। एक दिन तुम भी घृणा करोगे। करोगे न?

इसके उत्तर में फ्रेडी ने कुछ नहीं कहा था।

नैन्सी ने पूछा—सिगरेट पियोगे?

—सिगरेट पियूँ?

—पियो न। बुराई क्या है पीने में। जलती सिगरेट की रोशनी में तुम्हारी आँखें तो दिखायी देंगी—

फ्रेडी ने कहा—आण्टी कहती हैं मेरी आँखें बहुत अच्छी हैं। सचमुच अच्छी हैं क्या?

नैन्सी बोली—तुम्हारी आँखें देखते ही मैं समझ गयी थी कि आज तक तुम पहले कभी किसी लड़की से नहीं मिले—

—आँखें देखने से ही यह पता चल जाता है? फ्रेडी ने पूछा था।

—अच्छा सच-सच बताना, तुमने पहले कभी किसी लड़की से प्यार किया है?

—नहीं।

—देखा न, मैंने तो तुम्हारी आँखें देखते ही समझ लिया था—

—लेकिन आँखें देखने से सचमुच सब पता चल जाता है क्या?

इस बात का जवाब न देते हुए नैन्सी ने कहा—अच्छा मेरी आँखों की तरफ देखो तो—

और फ्रेडी ने अपनी आँखें नैन्सी की आँखों में डाल दीं।

—क्या देख रहे हो? नैन्सी ने पूछा।

—कहाँ, कुछ भी तो दिखायी नहीं दिया—

—कुछ नहीं दिखायी दिया?

—नहीं।

—यह क्या? कुछ तो नहीं देखा?

—नहीं तो!

नैन्सी बोली—तुम सचमुच ही किसी लड़की से नहीं मिले कभी—लड़कियों के बारे में कोई धारणा नहीं है तुम्हारी—

फ्रेडी ने पूछा—तुम भी शायद कभी प्रेम में नहीं पड़ी।

कुछ क्षण चुप रही नैन्सी। फिर बोली—मुझे सबने धोखा दिया है। यहाँ के हर लड़के ने। मेरे प्यार को लेकर सबने मुझे रुलाया है—

—किस तरह रुलाया है?

नैन्सी ने बताया—मुझे पहले ह्विस्की पिलायी, फिर प्यार का नाटक किया और फिर फटे जूते की तरह ठोकर मारकर फेंक दिया—

फ्रेडी समझ नहीं पाया कुछ।

बोला—क्यों?

नैन्सी बोली—क्यों? समझे नहीं? मैं ब्लैकी हूँ न! मेरे पिता पुअर यार्ड फोरमैन हैं—! तुम अगर पहले कभी लड़कियों से मिले होते तो समझ गये होते, मेरी आँखों में दिखायी दे गया होता कि मैंने बहुत-से लड़कों से प्यार किया है, लेकिन मुझे किसी ने प्यार नहीं किया। मैं बिलकुल अकेली हूँ—

इसके बाद अचानक फ्रेडी के दोनों हाथ पकड़ लिये थे नैन्सी ने और बोली थी—

—आई लव यू फ्रेडी। आई लव यू—

उस दिन उसी अँधेरे में नदी के किनारे फ्रेडी को जीवन में एक नयी अभिज्ञता प्राप्त हुई। ऐसी अभिज्ञता जो नूतन थी, अद्भुत थी।

उसके बाद जिस दिन फ्रेडी जबर्दस्ती मिसेज डी'सा का घर छोड़कर चला गया था उसी दिन समझ में आ गया था कि यह नैन्सी का काम था।

इन्स्टीट्यूट में क्रिसमस नृत्य के समय मेम साहब द्वारा किया गया अपना अपमान वह सहन नहीं कर सकी थी।

दूसरे ही दिन फ्रेडी से साक्षात् ह।ते ही नैन्सी ने कहा था—कहो, तुम अब उस घर में नहीं जाओगे?

फ्रेडी ने कहा था—मैं तो जाना नहीं चाहता। लेकिन आण्टी मुझे छोड़ना ही नहीं चाहतीं।

—क्यों, क्यों नहीं छोड़ना चाहतीं तुम्हें आण्टी?

—मैं क्या करूँ? वह नहीं छोड़ें तो मैं क्या कर सकता हूँ?

—पर वह तुम्हें क्यों नहीं छोड़तीं, पहले यही बताओ न?

—आण्टी मुझे बहुत प्यार करती हैं।

—प्यार करती हैं मतलब?

फ्रेडी चुप रहा। नैन्सी ने फिर पूछा—बताओ, मेरी बात का जवाब दो—

—सच आण्टी मुझे बहुत प्यार करती हैं। मेरे वहाँ से आ जाने पर शायद जिन्दा भी न बचें।

—जिन्दा क्यों नहीं बचेंगी? तुम्हारी आण्टी के अपने बेटे-बेटी नहीं हैं क्या? आण्टी क्या तुम्हारी तनख्वाह पर निर्भर हैं?

—नहीं, मेरी आण्टी के पास पैसे हैं। मेरे रुपये नहीं लेतीं वह!

—तो फिर? तुम्हारे प्रति उसका इतना आकर्षण तो अच्छा नहीं है?

भले ही यार्ड फोरमैन की लड़की थी नैन्सी परन्तु बुद्धि उसकी प्रखर थी। आसानी से नहीं छोड़ा फ्रेडी को।

बोली—तो क्या तुम्हारी आण्टी नहीं चाहतीं कि तुम मुझसे विवाह करो?

—नहीं—फ्रेडी ने कहा।

—क्यों तुम्हारे विवाह करने से क्या तुम्हारी आण्टी का दिल दुखेगा?

—हाँ।

पहले तो गुस्से से मुट्ठियाँ भिंच गयीं नैन्सी की और फिर अचानक उससे लिपटकर फूट-फूटकर रोने लगी वह।

फ्रेडी के वक्ष पर सिर रगड़ते हुए बोली—तुमने मुझे पहले यह बात क्यों नहीं बतायी? क्यों ऐसा किया तुमने मेरे साथ, बोलो?

फ्रेडी क्या कहे कुछ समझ नहीं पाया। चुप खड़ा रहा।

हठात् सिर हटाकर नैन्सी ने उसके वक्ष पर घूँसे मारते हुए कहा—बोलो, क्यों तुमने मेरा ऐसा सर्वनाश किया? बोलो, बोलो—

अन्त में मजबूर होकर फ्रेडी बोला—क्यों, क्या सर्वनाश किया है मैंने तुम्हारा?

—नहीं किया? ऊपर से पूछ रहे हो क्या सर्वनाश किया है? तुम समझते हो मैं बेवकूफ हूँ कुछ समझती नहीं? तुम्हारी आण्टी क्यों तुम्हें विवाह नहीं करने दे रही हैं, बताओ? समझाओ मुझे—

बुद्धू की तरह फ्रेडी ने कहा—मैं खुद नहीं जानता।

—क्या कह रहे हो? तुम नहीं जान पाये। तुम कहना चाहते हो कि तुम कुछ नहीं जानते? सारा दोष तुम्हारी आण्टी का है, तुम्हारी अपनी कोई गलती नहीं है?

फ्रेडी बोला—सच कह रहा हूँ नैन्सी, आण्टी को बहुत रोका मैंने—बहुत अनुनय-विनय की—

—पर तुम आण्टी के मुँह पर लात नहीं मार सकते थे क्या? लात मारकर उसकी नाक नहीं तोड़ सकते थे?

इस बात का जवाब नहीं दे सका फ्रेडी।

—बोलो, जवाब दो मेरी बात का, चुप क्यों हो? प्लीज! जवाब दो न मेरी बात का!

अब से मैं तुम्हारी बात मानूँगा नैन्सी—फ्रेडी ने जवाब दिया।

—नहीं, अब मैं तुम्हें उस घर में एक रात भी नहीं रहने दूँगी। एक रात भी नहीं रहोगे तुम वहाँ। आज अभी इसी वक्त मेरे साथ चर्च चलो।

—चर्च? क्यों?

—वहाँ जाने पर सब समझ जाओगे। चलो, अभी चलो।

कहकर उसी समय फ्रेडी को पकड़कर जबर्दस्ती चर्च ले गयी नैन्सी। और वहाँ जाकर तीन व्यक्तियों की गवाही में दोनों की शादी हो गयी थी। वहाँ से सीधे वे रेलवे क्वार्टर चले गये थे।

उस दिन नदी किनारे रात्रि के अन्धकार में जिस मनुष्य को नैन्सी ने जाना था उसी फ्रेडी के जीवन की आड़ में एक ऐसा मारात्मक रहस्य छुपा हुआ है यह वह कहाँ जान पायी थी। दिन-पर-दिन बीतते गये। आपस का मिलना-जुलना बढ़ता गया। कभी नदी के किनारे तो कभी पहाड़ी की ढलान पर प्यारभरी बातें की थीं दोनों ने, हँसे थे, गीत गाये थे पर बातें खत्म ही नहीं होती थीं। लगता था अभी भी बहुत-कुछ बाकी रह गया है कहने को।

अन्त में फ्रेडी कहता—अब चलूँ—

—क्यों, कितनी रात हो गयी?

—बहुत—फ्रेडी कहता।

—अधिक रात हो जाने से क्या तुम्हें तकलीफ होती है?

फ्रेडी कहता—मेरी नाइट ड्यूटी है न—

इसके बाद नैन्सी की कोई आपत्ति नहीं टिकती। दोनों जने साइकिलों पर अपने-अपने घर चले जाते।

पर तब भी नैन्सी को फ्रेडी के जीवन के इस कुटिल रहस्य का आभास नहीं मिला था। दिन चैन से बीत रहे थे और शामें अच्छी ही गुजर रही थीं। पर जिस दिन पता चला उस दिन समस्त सम्पर्कसूत्र जैसे उलझ गये।

वकील ने नैन्सी से पूछा—उसके बाद?

गवाह के कटघरे में खड़ी नैन्सी बात कहते-कहते रो पड़ती थी बीच-बीच में। तीन दिन उसकी गवाही चलती रही। सारा चक्रधरपुर इकट्ठा हो जाता था कोर्ट में उन दिनों।

उसके बाद?

फिर पूछा वकील ने—बोलिये उसके बाद क्या हुआ?

चक्रधरपुर के रेलवे के लोग और तो सब-कुछ जानते थे, केवल यह नहीं जानते थे कि ऐसा कौन-सा कारण था जो फ्रेडी-जैसे लड़के ने चार्ली-जैसे निरीह लड़के को पिस्तौल से गोली चलाकर मार डाला। यही जानना चाहते थे सब। इसी रहस्य को जानने के लिए इतनी भीड़ इकट्ठा होती थी कोर्ट में।

विवाह करके नव-दम्पति जब नये क्वार्टर में हनीमून मनाने पहुँचे तब शायद अदृश्य विधाता मन-ही-मन हँसा था। तुमने सोचा है पंछियों की तरह तुम अपने सुख-चैन, आराम व अपनी गृहस्थी की चिन्ता में जीवन बिता दोगे, पर ऐसा तो नहीं होगा। तुम्हारी गृहस्थी के बाहर भी तो एक वृहत् संसार है न। उस संसार के मनुष्यों के दाय-दायित्व, सुख-स्वाच्छन्द्य के सम्पर्कसूत्र जुड़े हुए हैं। उनके सुख-दुःख की तराजू के पलड़े भी तुम्हारे सुख-दुःख के सौदे के परिमाण के साथ ऊपर-नीचे होते रहते हैं।

उस दिन निर्जन रात्रि के एकान्त में जब नैन्सी रोमांच से अस्थिर थी तो फ्रेडी से उसने पूछा था—तुम अब से अपनी आण्टी के बारे में तो नहीं सोचोगे?

—मैं तो कभी भी उनके बारे में नहीं सोचता?

—बोलो, आगे भी कभी नहीं सोचोगे?

—नहीं सोचूँगा।

—वचन दो!

—वचन देता हूँ।

—वचन दो, अगर कभी आण्टी यहाँ आयीं भी तो तुम उसके साथ बात नहीं करोगे?

—नहीं करूँगा।

—यदि तुम्हें अपने घर ले जाना चाहें तो तुम नहीं जाओगे?

—नहीं, कभी नहीं जाऊँगा।

—अगर तुम्हारी आण्टी कभी मेरा अपमान करें तो तुम उसे अपना अपमान समझकर प्रतिशोध लोगे?

—लूँगा।

शादी के बाद मिस्टर बुकानन खुद आये थे पर ड्यूटी होने के कारण शाम के बाद नहीं ठहर पाये थे। लड़की की शादी हो जाने से उनका मन खुशी से भरा हुआ था। कई दिन बाद उन्होंने निश्चिन्त होकर पेट भरकर खाना खाया था। खाते जा रहे थे—अन्त में नैन्सी ने ही बाप को टोका था। कहा था—डैडी, अब बस करो, अब तुम ड्यूटी पर जाओ—

और बूढ़ा बुकानन सीटी बजाते-बजाते स्टेशन यार्ड की तरफ चला गया था—इट्स ए लांग लांग वे टु टिपरेअरि-इ-इ-ई—

नैन्सी ने सोचा था ऐसे ही जीवन व्यतीत हो जायेगा। ऐसे ही गृहस्थी चलती रहेगी। दोनों साथ सिनेमा देखेंगे, नाचेंगे और आनन्द-प्रवाह में बहते लांग लांग वे टु रिपरेअरि पहुँच जायेंगे।

शायद ऐसा ही होता। पर हुआ नहीं।

और नहीं हुआ इसीलिए यह कहानी बनी। तो अब वह घटना बता ही दूँ।

एक दिन मेम साहब शायद प्रॉविजन खरीदने कॉलोनी के रेलवे स्टोर्स गयी थीं। बेचारी मेम साहब। जब तक जॉनी जिन्दा था, उन्हें इस तरह प्रॉविजन खरीदने खुद नहीं जाना पड़ा कभी। तब तो टेलीफोन कर देती थीं स्टोर में और वह स्वयं साइकिल पर पहुँचा देते थे और महीने के आखीर में पे में से सीधे बिल चुका दिया जाता था।

जॉनी की मृत्यु के बाद टेलीफोन नहीं रहा। रेलवे में परिवार का कोई नौकरी भी नहीं करता अत: उधार माल भी कोई नहीं देता। जॉनी के प्राविडेण्ट फण्ड और लाइफ इन्श्योरेन्स के रुपये का ही सहारा था। उसी से चार्ली व रेनी की पढ़ाई तथा हॉस्टल का खर्च चलता था। जॉनी के समय का स्टाफ भी नहीं था। अतएव मेम साहब को स्वयं ही मार्केट जाना पड़ता था। खुद जाने से थोड़ी-बहुत बचत भी तो होती ही है।

रेलवे कॉलोनी छोटी जगह नहीं है। एक तरफ अफसरों के क्वार्टर हैं जहाँ की हवा साफ-सुथरी है। बड़े-बड़े ऊँचे वृक्षों की कतारें हैं। शान्त वातावरण है। रात में उधर से घूमते हुए निकलो तो प्यानो बजने की आवाज

सुनायी देती है। आउट हाउसेज से आती नौकरों-चाकरों की आवाज भी कानों में पड़ जाती है। मार्निंग ग्लोरी की बेलों से मकान व बगीचे की दीवालें ढकी हुई हैं।

उधर से ही मिसेज डी'सा साइकिल पर खरीदारी करने जाती हैं। उस दिन लौटते समय अचानक जाने क्यों ख्याल मन में आया कि बहुत दिन हो गये फ्रेडी को देखे। एक बार देखने की इच्छा होती है उसे। शायद वह और दुबला हो गया हो, शायद नैन्सी उसकी ठीक से देखभाल नहीं करती हो। कैसा है देखती जायें।

कॉलोनी की सड़कों पर लम्बे-लम्बे बिजली के खम्भों पर पाँच सौ वाट के बल्ब पहरा दे रहे थे। एक साइकिल तेजी से बगल से गुजर गयी।

मेम साहब ने मुँह फिराकर देखा। जूली फर्नान्डिस! आण्टी को देख नहीं पाया। दूर डी० एल० एस० के घर की खिड़की खुली हुई थी। बगीचे में हजार वाट के बल्ब के नीचे मिसेज जेन्किन्स बैठीं डिटेक्टिव नावेल पढ़ रही थीं और पास में ही बच्चे डैडी के साथ बैडमिण्टन खेल रहे थे।

सभी बहुत खुश थे। सबकी फेमिली लाइफ है। पर एक वह थीं जिसकी कोई जिन्दगी नहीं थी। जॉनी चला गया। फ्रेडी भी चला गया। कुछ भी नहीं कर पायीं। कोई भी नहीं रहा उनके पास। सब छोड़ गये।

पास के एक क्वार्टर में रिकार्ड बज उठा—आई लव यू जॉनी, आई लव यू मोर—

जॉनी!

फ्रेडी में क्या जॉनी को ही पाया था उन्होंने। जॉनी की तरह ही जैसे फ्रेडी ने आकर जीवन की समस्त शून्यता भर दी थी। जॉनी का बिस्तर खाली था इसलिए फ्रेडी प्रथम दिन से ही उस पर सोता था।

सड़क पर चलते-चलते सारी पुरानी बातें दिमाग में चक्कर काटने लगीं। सारी बातों को बार-बार याद करना भी जैसे अच्छा लगता है मिसेज डी'सा को। कितने दिनों का कितना आवेग था सब खत्म हो गया। अब कोई नहीं है उनका। हर कोई छोड़ गया।

क्यों हुआ ऐसा?

एक दिन की बात है! जाने कितनी रात बीत चुकी थी। अचानक मेम साहब की नींद खुल गयी।

शाम को दो पेग ह्विस्की के लिये थे। ऐसा नशा चढ़ जायेगा किसे मालूम था। ख्याल ही नहीं रहा कि जॉनी नहीं है। ह्विस्की के नशे ने भुला दिया था कि जॉनी तो ग्रेव यार्ड की कब्र में निश्चिन्त पड़ा सो रहा है।

और जॉनी के पलँग पर जा पड़ीं मेम साहब—जॉनी, माई जॉनी—गहरी नींद में सो रहा था फ्रेडी। हड़बड़ा गया। बोला—आण्टी, आण्टी मैं फ्रेडी हूँ।

—नो, जॉनी, डोण्ट···डोण्ट···

नशे के कारण मुँह की बात जैसे कहीं दूर से आ रही थी। बात अच्छी तरह कह न पाने के कारण गुस्सा आ रहा था मेम साहब को। क्यों तुमने मुझे दो पेग पिला दिये जॉनी। मैं तो इतना नहीं पीती, मुझे चढ़ जाती है। जानते हो एक बोतल का क्या दाम है? इतने पैसे फेंकना क्या उचित है। क्या करूँ मैं अब? मुझे नींद ही नहीं आ रही।

यही सब सोचते-सोचते वह फ्रेडी के क्वार्टर के सामने जा पहुँचीं। पल भर रुकीं, सोचने लगीं अन्दर जायें या न जायें।

गार्डेन के अन्दर घुसते ही घर के अन्दर से किसी के चिल्लाने की आवाज आयी। अभी से दोनों ने लड़ना भी शुरू कर दिया। चार दिन भी तो हुए नहीं ब्याह को।

अचानक चौंकीं मेम साहब! यह तो चार्ली का स्वर है! चार्ली क्या अन्दर है! वह अन्दर क्यों गया।

आगे बढ़कर दरवाजे पर कान लगा दिये मेम साहब ने। और दिल धड़कने लगा जोर-जोर से उनका! डर लगने लगा। चार्ली तो कभी इतना ऊँचा नहीं बोलता।

कस्टर्ड पाउडर की शीशी हाथ से खिसककर नीचे गिर गयी। मेम साहब जोर-जोर से कुण्डा खड़काने लगीं—फ्रेडी—फ्रेडी—

सभी को गवाह के कटघरे में खड़ा होना पड़ा था। केवल चार्ली नहीं आया था। वह शायद उस समय उससे भी बड़े कोर्ट में और भी बड़े न्यायाधीश के सामने खड़ा सफाई दे रहा था।

चार्ली को कभी किसी ने गुस्सा होते नहीं देखा था। पर जो ऊपर से क्रोधित नहीं दिखायी देते, भीतर से वह बहुत ही गुस्सेवाले होते हैं। बचपन से ही वह चौबीस घण्टे दिन-रात मम्मी को देखता आया था। डैडी तो महीने में पन्द्रह दिन घर से बाहर ही होते थे और जिन दिनों घर होते थे तो

या तो उन्हें शराब पीते देखा था या मम्मी से बातें करते। उसके साथ बात करने का समय ही नहीं मिलता था जॉन डी'सा को।

तभी से. चार्ली सब-कुछ देखता आ रहा था। जोसेफ के साथ मम्मी का झगड़ा देखा था। मम्मी के साथ फ्रेडी के सम्पर्क को भी लक्ष्य किया था और फिर फ्रेडी के घर छोड़कर चले जाने के बाद मम्मी को पागलों-जैसी होते भी देखा था। माँ डैडी की मृत्यु पर भी इतना नहीं रोयी थीं। जितना फ्रेडी के चले जाने पर मुँह में रूमाल दबाकर रोयी थीं, इस ओर भी उसकी नजर गयी थी।

देखकर मम्मी पर गुस्सा नहीं आया था। उसे फ्रेडी पर गुस्सा आया था, नैन्सी पर आया था। रास्ते में दैवात् कभी फ्रेडी से साक्षात् हो जाता तो फ्रेडी के विश करने पर वह कोई जवाब नहीं देता। और अगर नैन्सी मिल जाती तो मुँह फिरा लेता।

उसी दिन शाम के समय की बात थी।

स्टेशन का लेवेल क्रॉसिंग पार करके घर की तरफ आ रहा था चार्ली। अचानक कहीं से एक साइकिल ने आकर जोर से धक्का मारा।

—हू इज दैट? कौन है?

धक्का खाकर लेवेल क्रॉसिंग की रोड़ी पर गिर गया चार्ली।

अगर कुछ कहना चाहिए था तो चार्ली का कहना ही उचित था क्योंकि साइकिल उसके ऊपर गिरी थी। कुसूर साइकिल चलानेवाले का था। पर हुआ उलटा।

—सड़क पर चलना भी नहीं आता। न्यूसेन्स है।

शरीर की धूल झाड़ता उठ खड़ा हुआ था चार्ली। उठकर अच्छी तरह देखा। साइकिल उठाकर खड़ी नैन्सी उसी को लक्ष्य करके कह रही थी।

—मुझे चलना नहीं आता या तुम्हें चलाना नहीं आता?

—ह्वाट!!!

लेवेल क्रॉसिंग के नेटिव लोग ऐंग्लो-इण्डियन्स का झगड़ा देखने के लिए आकर खड़े हो गये और दूर खड़े होकर तमाशा देखने लगे।

झगड़ा तब तक काफी बढ़ चुका था।

—शट अप। गाली मत दो कहे देता हूँ।

—जरूर दूँगी गाली! हजार बार दूँगी! कह तो रही हूँ—सन-ऑफ-ए-बिच, क्या करेगा तू?

चार्ली के कान झनझनाने लगे। मन में आया कि एक घूँसा मारकर नाक तोड़ दे नैन्सी की। पर सँभाल लिया खुद को, बोला—खुद गलती की और ऊपर से मुझे ही गाली दे रही हो?

—तुझे नहीं दे रही, तेरी माँ को दे रही हूँ गाली!

हो-हो करके हँस उठे दूर खड़े लोग।

चार्ली को लगा जैसे किसी ने सबके सामने उसकी पीठ पर कोड़ा मार दिया हो अथवा चाबुक लगा दिया हो। लोगों की उपहासपूर्ण हँसी और नैन्सी की कटूक्तियों का कोड़ा सहलाते-सहलाते चार्ली घर पहुँचा उस दिन।

बिना कुछ कहे समस्त अपमान का बोझा सिर पर लिये सीधा घर चला आया था वह। गुस्से से उसका शरीर काँप रहा था।

—मम्मी कहाँ हैं? सामने खड़े याकूब से पूछा।

—मेम साहब बाहर गयी हैं बाबा—

—बाहर? बाहर कहाँ?

—स्टोर्स।

क्या करे कुछ समझ नहीं पाया चार्ली! थोड़ी देर गुम-सुम सोफे पर बैठा रहा। मम्मी की प्रतीक्षा करने लगा। सन-ऑफ-ए-बिच! सन-ऑफ-ए-बिच! दीवाल पर लगी घड़ी के पेण्डुलम की टिक्-टिक् के साथ नैन्सी के शब्द भी दिमाग में टिक्-टिक् करने लगे।

फिर बैठ नहीं पाया। स्टोर्स गयी हैं इसका मतलब क्या फ्रेडी के घर गयी हैं! याद आने लगीं मम्मी की बातें। दिन-पर-दिन मम्मी ने फ्रेडी के लिए क्या-क्या किया था, वह भी याद आने लगा। चार्ली-रेनी दोनों थे—उनकी ओर देखती भी नहीं थी, लेकिन फ्रेडी के काम में जरा-सी त्रुटि होती तो नौकरों के सिर पर चढ़ जातीं। कितने नौकर केवल फ्रेडी के कारण नौकरी छोड़कर चले गये थे! और चार्ली? रेनी?

जीवन में एक समय ऐसा भी आता है जब सोचने-विचारने का मात्रा-ज्ञान नहीं रह जाता। जीवन का अस्तित्व ही निरर्थक लगने लगता है। भला-बुरा, न्याय-अन्याय सब निश्चिह्न हो जाता है। चार्ली की भी यही मनःस्थिति थी उस दिन। बैठे-बैठे आकाश-पाताल एक करने लगा। वह भी तो इन्सान है। उसका भी तो सुख-दुःख, मान-अपमान सब-कुछ है। ऐसा कोई भी अपराध उसने नहीं किया जिसके लिए सड़क पर खड़े नेटिव लोगों के सामने उसने मेरा ऐसा अपमान किया।

बैठे-बैठे डैडी की बात याद आ गयी।

बचपन से देखता आया था चार्ली डैडी को। जहाँ भी जाते थे कितनी चीजें चार्ली व रेनी के लिए लाते थे। कितने अच्छे थे वह दिन। घर में कभी किसी को मुँह नहीं फुलाने दिया डैडी ने। वह चाहते थे सुबह से शाम तक मेहनत करके जो कुछ कमायें उससे बच्चे आराम की जिन्दगी बितायें, मौज-मजा करें। अगर ह्विस्की पीना चाहते हों तो पियें, सिनेमा देखना चाहते हों तो देखें। जब तक मैं जिन्दा हूँ पैसे जुटाता रहूँगा। हँसी-खुशी रहें सब। किसी के मुँह से आह न निकले, आँख से आँसू न टपके।

कितना सुखी परिवार था। कभी मिलकर सब कोरस गाते थे तो कभी नाचते थे। पार्टी-डिनर-क्लब।

चक्रधरपुर कॉलोनी के सारे परिवार ईर्ष्या करते थे उन्हें देखकर। भले ही गुड्स ट्रेन का सीनियर ड्राइवर था जॉन डी'सा पर परिवार उसका एक आदर्श परिवार था। हँसता-खेलता परिवार।

लेकिन उसके बाद?

सिनेमा के दृश्य की तरह समस्त अतीत चार्ली के नेत्रों के समक्ष उभर आया था।

उसके बाद जैसे एक काला पर्दा पड़ गया। बिल्कुल धुँधला हो गया था सारा दृश्य।

फ्रेडी आया।

क्या आवश्यकता थी फ्रेडी को आने की? इस घर में आये बिना क्या चलता नहीं?

शुरू में तो इतना नहीं समझता था चार्ली। दूसरे का लड़का होने के कारण माँ फ्रेडी की अधिक देखभाल करती हैं, थोड़ा पक्षपात कर जाती हैं। परन्तु धीरे-धीरे सन्देह होने लगा था। ऐसा लगने लगा जैसे माँ के लिए चार्ली और रेनी कुछ नहीं हैं। जो कुछ हैं बस फ्रेडी है।

तब से ही चार्ली अलग-अलग रहने लगा था—सबकी आँखों की आड़ में अकेला। रेनी बोर्डिंग में चली गयी तो वह बिल्कुल ही अकेला हो गया। अकेले-अकेले दिन बीतने लगे। मम्मी अपने में खोयी हुई थीं और वह भी अपने एकाकीपन का आदी हो गया था।

पर मन का क्षोभ नहीं मिट सका था।

अकेला-अकेला इधर-उधर घूमता रहा। लेकिन उस अन्त:स्थ ज्वालामुखी का विस्फोट हुआ लेवेल क्रॉसिंग पर।

चार्ली को बस चारों ओर से जैसे एक ही आवाज सुनायी दे रही थी—सन-ऑफ-ए-बिच—सन-ऑफ-ए-बिच—

उसके बाद?

बयान देते-देते रुक गया था याकूब। वकील ने फिर पूछा—उसके बाद?—

—उसके बाद हुजूर मैंने देखा चार्ली बाबा बहुत देर तक सोफे पर चुप बैठे रहे। कमीज पर कीचड़ लगी हुई थी। मैंने सोचा शायद ठोकर खाकर गिर पड़े होंगे। मुँह, आँख, कान लाल हो रहे थे। मैंने चाय के लिए पूछा तो बाबा ने कोई जवाब नहीं दिया।

—फिर?

फिर मैं बावर्चीखाने में अपना काम करने चला गया। कस्टर्ड पुडिंग बनाने का ऑर्डर दे गयी थीं मेम साहब। कस्टर्ड पाउडर घर में न होने के कारण उसे ही लेने गयी थीं वह। उसके बाद जब मैं अण्डे लेने स्टोररूम जा रहा था तो मालूम पड़ा बाबा सोफे पर नहीं थे। क्या हुआ? बाबा क्या बाहर चले गये। आया से पूछा, उसे भी पता नहीं था, बटलर से पूछा, पर उसे भी कुछ पता नहीं था। अचानक मेम साहब के कमरे की तरफ देखने पर दिखायी दिया कि बाबा मेम साहब का चेस्टर ड्राअर खोल रहे थे। उसमें से पिस्तौल निकाली और जेब में डालकर बाहर निकल गये। मैं पीछे-पीछे भागा। बाबा-बाबा कई आवाजें लगायीं।

कहते-कहते याकूब का गला रुँध गया। उसने सोचा भी नहीं था कि बाबा के साथ यह उसका अन्तिम साक्षात् था।

एक-एक करके साक्षी कटघरे में आकर खड़े होते और सब लोगों की नजरें उत्सुकता लिये साक्षी के चेहरे पर लग जातीं।

इतना सब हो रहा था। सारी बातें जानने-सुनने का सारे लोगों का अतीव आग्रह था पर फ्रेडी को जैसे इससे कोई मतलब ही नहीं था। असामी के कटघरे में सिर नीचा किये चुप खड़ा रहता। होश सँभालते ही उसने देखा था उसकी अपनी माँ उसकी नहीं थी, उसका बाप उसका नहीं था। फिर जहाँ जाकर आश्रय लिया था वहाँ भी एक अद्‌भुत, गलत आग्रह

के कारण टिक नहीं पाया। वहाँ से निकलकर खुली साँस लेने के निमित्त जहाँ अन्त में पहुँचा वहाँ भी एक मर्मान्तक दुर्घटना के जाल में पड़कर हाथों में हथकड़ी पहननी पड़ी थी उसे।

लोग कहते—देख लेना इसे फाँसी हो जायेगी।

तारक बाबू को सबसे अधिक दिलचस्पी थी इस मामले में। किसी के चाईबासा से लौटने की खबर मिलते ही सड़क पर ही पकड़ लेते उसे।

पूछते—क्यों जी, चार्ली-हत्या का मामला कहाँ तक पहुँचा? आज की क्या खबर है? उस बेटे को फाँसी हो जायेगी?

वह कुछ दिन सचमुच मुकदमे को लेकर बड़ी सरगर्मी में बीते थे। गवाहों के बयान व सबूतों के आधार पर जो प्रमाणित हुआ वह यह था कि अपमान सह न पाने के कारण चार्ली रिवॉल्वर लेकर नैन्सी को मारने गया था। नैन्सी के घर उस समय नैन्सी और फ्रेडी दोनों थे। वहाँ नैन्सी और चार्ली में फिर कहा-सुनी हुई। साइकिल से धक्का देने की बात उठते-उठते बहुत-सी बातें उठीं। चार्ली की मम्मी की बात भी उठी। उससे और भी खून चढ़ गया चार्ली को और नैन्सी पर गोली चलाने के लिए पिस्तौल निकाल ली उसने। तब फ्रेडी चुप नहीं बैठ सका। चार्ली के हाथ से पिस्तौल छीन ली उसने। इस पर भी जब चार्ली नहीं रुका और नैन्सी को मारने के लिए झपटा तो फ्रेडी ने ही गोली चला दी। बस चार्ली गिर पड़ा और फिर नहीं उठा।

जब मामला यहाँ पर पहुँचा तो मेम साहब अपने को रोक नहीं सकीं। वे बिल्कुल ही टूट गयीं। मुकदमे के आरम्भ से ही उन्होंने अपने को अपने में समेट लिया था। पर इसके बाद तो बिस्तर ही पकड़ लिया उन्होंने।

न वह कभी घर के बाहर दिखायी देतीं और न ही उनकी आवाज सुनायी देती।

एक दिन याकूब से पूछा—मेम साहब कैसी हैं?

याकूब बोला—मेम साहब तो बिल्कुल ही टूट गयी हैं हुजूर। खाना-पीना भी बन्द कर दिया है।

सारे घर पर जैसे श्मशान घाट की-सी मुर्दनी छा गयी थी। नौकर-चाकर सब थे पर न होने के बराबर। मुकदमे की खबर मिलने के बाद रेनी भी कर्सियांग से चली आयी थी। पर वह भी बाहर नहीं दिखायी देती थी। माँ के अपराध के लिए मानो उसने भी आत्मगोपन कर लिया था। माँ की

लज्जा मानो उसकी अपनी लज्जा थी। शोक जो था वह तो था ही पर मम्मी के कलंक की छाप जैसे उसके शरीर पर भी लग गयी थी। कोर्ट की प्रतिदिन की रिपोर्ट जैसे उसकी अपनी कलंक कहानी थी। जैसे चक्रधरपुर का हर व्यक्ति उसी के चरित्र को लेकर आलोचना कर रहा हो।

एक दिन मम्मी को खाली देखकर पूछा था—मम्मी तुम तो गयी थीं फ्रेडी के घर, तुमने क्यों नहीं रोका?

सचा! काश, मेम साहब को पता होता कि चार्ली वहाँ जायेगा। पता होता कि लेवेल क्रॉसिंग पर नैन्सी ने चार्ली को गाली दी थी। और गाली भी कोई छोटी-मोटी नहीं—सबसे बड़ी गाली।

याद है उस समय बगल के क्वार्टर से वही गाना सुनायी दे रहा था इट इज ए लांग वे टु टिपरेअरि इ···इ···ई

और तभी फ्रेडी के क्वार्टर में से आती चार्ली की आवाज सुनकर चौंक पड़ी थीं वह। अन्दर क्या हो रहा था, कान लगाकर सुनने की कोशिश की थी।

चार्ली चीखकर कह रहा था—उसने क्यों मुझे सन-ऑफ-ए-बिच कहा। मेरी मम्मी को क्यों गाली दी उसने। मुझे गाली देती तो मैं बुरा नहीं मानता। पर मेरी मम्मी को?···

नैन्सी की आवाज सुनायी दी। वह कह रही थी—तुम्हारी मम्मी बिच तो है ही। मैंने क्या झूठ कहा है? वह जो है वही तो कहूँगी।

सारा शरीर काँपने लगा मेम साहब का।

अन्दर चार्ली कह रहा था—फिर वही बात कह रही हो?

—हजार बार कहूँगी, लाख बार कहूँगी, तुम्हारी मम्मी बिच है—बिच है—बिच है—

—खबरदार, कहे दे रहा हूँ कि मत बोलो यह बात। सावधान किये दे रहा हूँ तुम्हें!

—सावधान कर रहे हो? तुम्हारी माँ फ्रेडी के साथ नहीं सोती थी?

मेम साहब के हाथ से कस्टर्ड पाउडर की शीशी नीचे गिर गयी।

—चुप रहो। माँ की निन्दा नहीं सुन सकता मैं।

—जाओ, चले जाओ यहाँ से। निकल जाओ। मैं अपने घर में बैठकर जो मर्जी आयेगी बोलूँगी, तुम कौन होते हो रोकनेवाले? तुम्हारी मम्मी एक रीयल बिच है—

—फिर!

अब फ्रेडी की आवाज सुनायी दी। नैन्सी से बोला वह—बस करो ना, क्या पागलपन कर रही हो?

—पागलपन मैं कर रही हूँ या वह सन-ऑफ-ए-बिच कर रहा है? उसे क्या अधिकार है कि मेरे घर आकर मुझे ही गाली दे।

चार्ली बोला—गाली मैंने तुम्हें दी है या तुमने मुझे?

—तुम क्यों आये? किसने घुसने दिया तुम्हें अन्दर। निकलो—निकलो अभी यहाँ से।

—पहले कहो कि तुम फ्यूचर में कभी मेरी मम्मी को गाली नहीं दोगी?

—दूँगी, जब तक जिन्दा रहूँगी दूँगी।

और फिर एक विकट शब्द हुआ।

शब्द सुनते ही याद आया कि जानी का रिवॉल्वर उनकी चेस्टर ड्राअर में था और चाभी घर में ही थी।

लेकिन तब तक जो होना था हो गया था। सोचा था चार्ली ने ही शायद नैन्सी पर गोली चलायी थी लेकिन वास्तव में ऐसा नहीं था। दौड़कर अन्दर जा पहुँची थीं मेम साहब और देखा था नैन्सी नहीं वरन् चार्ली पड़ा था जमीन पर। सिर से खून का फौवारा छूट रहा था। सिर फट गया था और कमरा धुएँ से भर गया था। धुआँ साफ होते ही दिखायी दिया था कि कमरे में दोनों ओर से जने खड़े भय से थर-थर काँप रहे थे। एक थी नैन्सी और दूसरा था फ्रेडी।

आण्टी को देखते ही फ्रेडी रो पड़ा। बोला—आण्टी-आण्टी मैं चार्ली को मारना नहीं चाहता था। बिलीव मी आण्टी। मेरा कोई इरादा उसे मारने का नहीं था—

लेकिन रिवॉल्वर अभी तक उसकी सख्त मुट्ठी में था।

एक-एक करके सारे गवाहों की गवाहियाँ हो गयीं। क्राउन वर्सेस आल्फ्रेड डी'सा। अब फ्रेडी की फाँसी अवश्यम्भावी थी। सारे सबूत मौजूद थे। वह किसी तरह नहीं बच सकता था। अरे भाई तुम्हारे पापों की गिनती

भी है कोई? ऊपर-सिर पर भगवान् नाम की भी तो कोई चीज है। तुमने सोचा था वह देख ही नहीं रहा! पाप और पारा भी क्या कभी छुपाये छुपा है।

—परन्तु महाशय, पाप तो इस औरत ने किया था। इसे अगर सजा न मिले तो कैसा भगवान्। कैसा धर्म और कैसा उसका संसार। संसार में पापी छूट जायेगा और निर्देष मारा जायेगा? यह कैसा न्याय है भगवान् का?

सारे शहर में उथल-पुथल मच गयी थी। छोटा-सा शहर था। रेलवे कॉलोनी थी, यों तो कोई विशेषता नहीं थी। पर अब बात बदल गयी थी। रसमय हो उठा था शहर का जीवन। जिस दिन मुकदमे की तारीख होती बस लोगों के मुँह पर एक ही चर्चा रहती, हाथ-पैर शिथिल हो जाते। सारी शक्ति जैसे जिह्वा और कानों में सिमट आती।

पर रेनी थी कि खबरों के डर से दिन-रात दरवाजा बन्द किये पड़ी रहती पर तब भी न जाने किन-किन रन्ध्रों से ख़बरें कानों तक पहुँचा ही देता कोई।

दरवाजे पर आवाज सुनकर अन्दर से रेनी बोली—कौन?

फिर से कुण्डा खड़का।

—हू इज देयर? कौन है?

—मैं। मैं नैन्सी!

जैसे किसी मरे मनुष्य के मुँह से आवाज आ रही हो।

रेनी के दरवाजा खोलते ही अन्दर आ गयी नैन्सी। स्कार्फ से शरीर ढककर आयी थी। बोली—आण्टी? आण्टी हैं?

—मम्मी बीमार हैं—रेनी ने जवाब दिया।

सारा चक्रधरपुर नींद की गोद में था। पर नैन्सी उनमें से थी जिन्हें रात में भी नींद नहीं आती। और वह आयी थी मेम साहब के पास फरियाद लेकर।

आवाज सुनते ही मेरी नींद खुल गयी थी। कान लगाये रहा।

—आण्टी! मैं नैन्सी हूँ!

स्वर आँसुओं में भीगा हुआ था!

—मेरे पास क्यों आयी है आज? मैं क्या करूँगी?

—कल आपकी एवीडेन्स होगी कोर्ट में। आप ही फ्रेडी को बचा सकती हैं आण्टी। आपके अलावा और कोई नहीं बचा सकता उसे! अपनी आँखों से आपने जो कुछ देखा है वह कहने से मेरा फ्रेडी नहीं बचेगा। फ्रेडी को बचा लो आण्टी!

—मेरा चार्ली मर गया, मेरा स्वास्थ्य अच्छा नहीं है!

आपका चार्ली तो चला गया पर अब फ्रेडी भी चला जायेगा। फ्रेडी भी तो आपका ही है।

—नहीं, फ्रेडी के लिए अब कोई माया-ममता नहीं रह गयी मुझमें। वह मुझे छोड़कर चला गया, उसने मेरे चार्ली का मर्डर कर दिया।

—पर आण्टी, अब तो आपकी एवीडेन्स के ऊपर ही सब निर्भर है।

—जब मुझे बिच कहकर गाली दी थी तब तो यह सब बात नहीं सोची थी। अब मैं कुछ नहीं कर पाऊँगी। तू निकल जा—

—आण्टी, प्लीज, तुम्हारे पाँव पड़ती हूँ।

—कह दिया न, निकल जा यहाँ से—

—प्लीज आण्टी, प्लीज—

—आण्टी, आण्टी—

—निकल ज्जाओऽऽ···!!!

अचानक जैसे बम फूट पड़ा मेम साहब के गले से। मुझे तो कल्पना तक नहीं थी कि इतना जोर भी है उनके गले में!

—उस दिन कुछ नहीं लगा था जिस दिन फ्रेडी को छीन ले गयी थी मुझसे? उस दिन नहीं मालूम था कि वह कितना मेरा था? उसे देखे बिना एक दिन भी नहीं रह सकती थी मैं।

—आण्टी, इसीलिए तो कह रही हूँ···

—कह दिया न, निकल जा···

उसके बाद लगा जैसे उठकर बैठ गयीं मेम साहब। चिल्लाकर बोलीं—जा, यहाँ से—नहीं तो नौकर से धक्का देकर निकलवा दूँगी बाहर।

इसके बाद कोई आवाज नहीं आयी। बस दरवाज़ा बन्द हुआ। और थोड़ी देर बाद सुनायी दिया दबा रुदन! फफक-फफककर रो रहा था

कोई। भीतर का रुदन दबा न पाने के कारण जैसे मनुष्य रोता है उसी प्रकार रो रही थीं मेम साहब!

घटना सूत्र का कभी कोई सिरा मेरे हाथ आ जाता तो कभी कोई। उलझ-सा गया था सब-कुछ। चार्ली के मर्डर के बाद की बात है। पुलिस आकर फ्रेडी को पकड़ ले गयी थी, एक मर्मान्तक दृश्य था वह!

नैन्सी चीत्कार कर उठी थी—नहीं, उसे अरेस्ट मत करो, उसने नहीं मारा चार्ली को—उसने नहीं मारा—

पुलिस के आते ही फ्रेडी के क्वार्टर के सामने काफी लोग इकट्ठा हो गये थे! सभी मुँह बाये देख रहे थे। जिस समाज का इतना सम्मान इतनी प्रतिष्ठा हो शहर में, उसी समाज के एक व्यक्ति को पुलिस पकड़कर ले जा रही थी। अनहोनी बात थी लोगों के लिए। सभी गर्दन ऊँची कर-करके फ्रेडी को देख रहे थे।

लोको फोरमैन स्वयं भी आकर खड़ा रहा था कुछ देर। फ्रेडी उसी के डिपार्टमेण्ट का आदमी था। उसी का कर्मचारी था, उसका भी एक दायित्व था।

रेलवे की पुलिस फ्रेडी को अरेस्ट करके ले गयी, और मिस्टर बुकानन अपनी बेटी नैन्सी को पकड़े रहे। कैसा रुदन था वह भी। बाप की छाती में मुँह छिपाकर बार-बार कहने लगी—नहीं-नहीं, उसे अरेस्ट मत करो, उसने नहीं मारा चार्ली को, उसने नहीं मारा—

—तो फिर किसने मारा था, बता?

कमरे में बैठाकर मिस्टर बुकानन लड़की से पूछने लगे—बोल, किसने मारा है?

कोई जवाब नहीं दिया नैन्सी ने, बस रोती रही।

फिर बोली—डैडी फ्रेडी को वह लोग फाँसी दे देंगे!

—पर क्यों न देंगे फाँसी? क्या नहीं किया है उसने। उसने क्या चार्ली का मर्डर नहीं किया है?

—नहीं डैडी, उसने नहीं मारा, उसने मर्डर नहीं किया।

—पर तू तो कमरे में थी! तूने तो सब देखा है! तुझे तो सब पता है! मिसेज डी'सा क्यों आयी थीं तुम्हारे घर?

किसी भी बात का जवाब नहीं दिया नैन्सी ने। बस रोये जा रही थी। रो-रोकर मिस्टर बुकानन की कमीज़ भिगोये जा रही थी।

लेकिन नैन्सी उत्तर दे या न दे पुलिस तो अपनी ड्यूटी करेगी ही। वह खोद-खोदकर पता लगा लेगी कि चार्ली फ्रेडी के घर क्यों आया था। कभी नहीं आता था, उसके अचानक आने के पीछे अवश्य कोई रहस्य था। और वही रहस्य पुलिस को जानना था।

याद है, खबर पाकर मैं भी देखने गया था। बँगले टाइप के क्वार्टर थे, आगे-पीछे दोनों ओर गार्डेन था। सड़क के दोनों किनारे गुलमोहर के पेड़ थे। पर तब भी उस समय जैसे हवा में बड़ी घुटन लग रही थी।

कमरे में पहुँचकर देखा लोग भरे हुए थे। जमीन पर एक ओर चार्ली मरा पड़ा था। खून की धार बह रही थी सिर से।

अधिक देर ठहर नहीं सका था मैं उस कमरे में।

इस घटना के बहुत दिन बाद तक मेरी नजरों से वह दृश्य नहीं हटा। ऐसा लगता था जैसे सारा दृश्य नज़रों में समा गया हो।

बचपन से ही चार्ली को देखता आ रहा था मैं। सीधा, निरीह, आज्ञाकारी बालक। ऐंग्लो-इण्डियन समाज में इस तरह के लड़के कम ही देखने को मिलते हैं। धीरे-धीरे एक दिन वह बड़ा हो गया। अचानक उसके डैडी चल बसे। तब उसने सब-कुछ देखना, समझना सीखा।

उसके बाद एक दिन गृहस्थी में स्वयं को एकदम निरर्थक पाया।

और फिर अन्त में एक दिन एक व्यक्ति से एक ऐसी अकथ्य, अश्राव्य गाली सुनी, जो उसकी जन्मदात्री पर भी कठोर आघात करने से नहीं चूकी।

उस दिन यदि घर लौटने पर माँ मिल जाती तो शायद सारी बातें माँ से कहकर वह जी हल्का कर लेता। इससे ही शायद उसके क्रोध का उपशम हो जाता!

पर वह हुआ नहीं।

मन का सारा क्षोभ, सारा अपमान मिलकर जैसे आग की तरह उसके अस्तित्व तक को खत्म करने का प्रयत्न करने लगे।

और तभी घर से निकलकर फ्रेडी के घर की ओर चल पड़ा था वह।

लेकिन जब अन्दर वह सब हो रहा था तब क्या उसे पता था कि उसकी माँ बाहर खड़ी-खड़ी सब सुन रही थी।

चार्ली के इस रूप की कल्पना ही नहीं की जा सकती कभी किसी के द्वारा।

न नैन्सी ने और न फ्रेडी ने ही कभी इतना सोचा था क्योंकि चार्ली को कभी किसी ने गुस्सा करते नहीं देखा था। हमेशा निरीह-सा दिखनेवाला सीधा-सादा लड़का इस तरह घर सिर पर उठा लेगा। यह उसकी समझ से परे था। और फिर हाथ में रिवॉल्वर! सोच भी कैसे सकता था कोई।

नैन्सी चौंक उठी थी चार्ली को देखकर। बोली थी—तुम? तुम क्या करने आये हो?

फ्रेडी की ओर देखकर चार्ली ने कहा था—तुम्हारी नैन्सी ने मेरा अपमान किया है—

जवाब में नैन्सी बोली—मैं तो फिर कह रही हूँ—सन-ऑफ-ए-बिच—

उत्तर में चार्ली बहुत-कुछ कह सकता था। जो उसकी माँ को गाली देगा, उसका तो खून करके भी उसका क्रोध शान्त नहीं होगा।

पर तभी नैन्सी ने कहा था—मैं तो हजार बार कहूँगी—सन-ऑफ-ए-बिच।

फ्रेडी की ओर देखा चार्ली ने और बोला—सुन रहे हो तुम? तुम्हारे सामने मेरी माँ को गाली दे रही है—

—तुम्हारी माँ को गाली दे रही हूँ तुम्हारे सामने। वह मिलेगी तो उसके मुँह पर भी दूँगी!

अब तक फ्रेडी का भी धीरज चुक चला था। बोला—नैन्सी, चुप रहो तुम, जो हो गया है उसे लेकर क्यों बात बढ़ा रही हो—

—क्यों नहीं बढ़ाऊँ? मैं क्या उनका दिया खाती-पहनती हूँ?

—जो कुछ भी हो—उसकी माँ मेरी आण्टी हैं।

—रखो अपनी आण्टी अपने पास। असल में तुम्हारी आण्टी है ही एक बिच—

—आह—

जीवन में शायद पहले कभी भी फ्रेडी ऐसी अस्वस्तिकर परिस्थिति में नहीं पड़ा था। एक तरफ चार्ली था और दूसरी तरफ नैन्सी। किसका पक्ष ले और किसे असन्तुष्ट करे?

—तुम्हारे पास ही आया हूँ। तुम्हारे साथ फैसला करने के मतलब से आना पड़ा।

—तुम अब जाओ चार्ली! इस समय जाओ।

—पर सारा दोष क्या मेरा ही है। नैन्सी को तुम कुछ भी नहीं कह रहे। नैन्सी ने क्यों मुझे सबके सामने ऐसी गाली दी?

—आगे ऐसा नहीं करेगी फ्रेडी ने कहा था।

—पर तुमने तो मेरी ही गलती देखी। उसे क्या अधिकार है सबके सामने मेरा इस तरह अपमान करने का?

—वह सब मैं समझा दूँगा उसे। तुम्हारी मम्मी कहाँ हैं?

चार्ली बोला—मम्मी घर में नहीं हैं, प्रॉविजन लेने स्टोर्स गयी हैं—

—पर तुम यह सब आण्टी से मत कहना।

तब तक नैन्सी पास आ गयी और बोली—कह दे तो कह दे, मैं क्या तुम्हारी आण्टी से डरती हूँ। जब मेरा दिल दुखाया था तब ख्याल नहीं था?

नैन्सी को समझाया फ्रेडी ने। बोला—तुम अब गड़े मुर्दे मत उखाड़ो। अब तो सब खत्म हो गया है।

—खत्म कहाँ हो गया है? अब तो हम क्वार्टर में आ गये हैं। अब भी यहाँ क्यों आती हैं तुम्हारी आण्टी?

—चार्ली ने कहा—मैंने तो मना किया था मम्मी को यहाँ आने के लिए—

—तो फिर उसके बाद भी क्यों आती है? फ्रेडी को मुझसे छीन लेना चाहती है?

फ्रेडी बोला—आ भी जाती हैं आण्टी तो क्या हुआ? हमारा नुकसान क्या है?

—नुकसान नहीं है? तुम जब लोकोशेड चले जाते हो तब पीछे आती हैं। आकर मुझसे पूछती हैं कि मैं तुम्हें खाने को क्यों नहीं देती। मेरे से ज्यादा तुम्हारी चिन्ता तुम्हारी आण्टी को है?

—अब छोड़ो भी यह सब।

—क्यों छोड़ दूँ। कितनी मुश्किल से तो तुम्हें उस राक्षसी के हाथ से निकालकर लायी हूँ, तब भी क्यों आती है वह यहाँ? क्यों पीछा नहीं छोड़ती हमारा? इट प्रूव्ज शी इज ए बिच रनिंग आफ्टर यू!

—तुम फिर मेरे सामने मेरी माँ को गाली दे रही हो—बीच में बोला चार्ली।

—हाँ दे रही हूँ। कहा न एक बार नहीं हजार बार दूँगी—

—आह—

फ्रेडी का दम घुटने लगा। बोला—तुम दोनों में से क्या कोई चुप नहीं होगा।

नैन्सी ने कहा—मैंने तो कुछ भी नहीं किया, वह क्यों हमारे घर आया? क्यों उसकी माँ हमारे यहाँ आती है?

चार्ली की ओर देखकर फ्रेडी ने कहा—जाओ चार्ली—प्लीज चले जाओ, नहीं तो बेकार बात बढ़ जायेगी। तुम आण्टी से कुछ मत कहना —जाओ—

—कहना मत यानी? मैं कहूँगी जाकर तुम्हारी आण्टी से। मैं कहूँगी कि कुत्ती का बच्चा फिर न आये हमारे घर—

—फिर?

उस दिन रात को उन रेलवे क्वार्टरों में अचानक जैसे घटनाचक्र से मृत्यु का आविर्भाव हुआ था पर तब तक किसी को भी उसका आभास नहीं हुआ था। और होता भी कैसे? कभी हुआ है आज तक किसी को? बेचारे चार्ली को ही कहाँ मालूम था पहले कि उस दिन वह गुस्से में डैडी का रिवॉल्वर लेकर वहाँ जायेगा और ऐसे दुर्योग में फँस जायेगा?

—पर फ्रेडी, नैन्सी बार-बार तुम्हारे सामने मेरा अपमान कर रही है और तुम उसे कुछ भी नहीं कह रहे? रोक नहीं रहे, डजण्ट इट शो योर कनाइवेन्स?

फ्रेडी की उस समय सचमुच बड़ी असहाय अवस्था हो गयी थी। दोनों की खींचतान में पत्थर बना खड़ा था वह।

बोला—मैं कह रहा हूँ चार्ली तुम घर जाओ, गो होम। तुम्हारा दिमाग ठीक नहीं है इस समय—यू आर अपसैट इनफ़ टु थिंक ईवन···

—मेरा दिमाग ठीक है फ्रेडी, दिमाग ठीक नहीं है तुम्हारी मिसेज का—नैन्सी का—

—निकलो, निकलो यहाँ से—निकल जाओ मेरे घर से—नैन्सी ारजी थी।

और उसके बाद ही कुछ देर तक जैसे छीना-झपटी हुई और फिर एक विकट शब्द के साथ सब-कुछ शान्त हो गया था।

उन दिनों चक्रधरपुर में उस विषय के अलावा और कोई बात ही नहीं थी किसी की जुबान पर! जहाँ चार लोग जुड़ते बस शुरू हो जाती बातें। कोई कहता—यह तो सोचा भी नहीं जा सकता था कि चार्ली जैसा लड़का रिवॉल्वर लेकर नैन्सी को मारने आयेगा—

तो दूसरा कहता—सोचा कैसे जा सकता था। देखने में तो बड़ा सीधा था, जैसे बोलना भी नहीं आता। न कभी किसी लड़की को साइकिल के पीछे बिठाये घूमते देखा और न कभी सिगरेट ही पीते देखा।

तारक बाबू को तो सबसे अधिक आग्रह था। काम-काज कुछ था नहीं। जहाँ ऐसी बातें हो रही होतीं लाठी ठकठकाते पहुँच जाते। उस दिन भी पहुँच गये।

बोले—नहीं मोशाय वह इतना सीधा नहीं था—

नरसिंह बाबू बोले—ये ऐंग्लो-इण्डियन्स ठहरे केउटा साँप, सब-कुछ सम्भव है इनके द्वारा—

तारक बाबू बोले—आप कहना चाहते हैं कि खून उस छोकरी ने किया है?

—उस काली-कलूटी पूरी औरत को आप छोकरी कहते हैं? वह तो दादी है, दादी; छोकरी नहीं! सब कर सकती है वह?—नरसिंह बाबू ने कहा था।

—पर जिस समय घर में यह सब हो रहा था मेम साहब कहाँ थीं उस समय?

—होती कहाँ? बाहर खड़ी-खड़ी सुन रही थीं सब।

तारक बाबू बोले—गवाही और सबूतों से तो यही प्रमाणित हुआ है कि चार्ली की माँ अपनी कलंक-कहानी बाहर खड़ी-खड़ी सुन रही थीं—

—उसके बाद?

--उसके बाद और क्या, अब कहाँ का पानी कहाँ रुकता है देखा जाये--

सचमुच ऐसा लगता था जैसे उन दिनों चक्रधरपुर के लोगों की नींद उड़ गयी थी। जहाँ जो मिलता चाहे ड्राइवर से ड्राइवर हो अथवा गार्ड से गार्ड। बस यही चर्चा शुरू हो जाती—

—हैलो, चार्ली के केस का क्या हुआ?

चार्ली का मामला जैसे सबका मामला हो गया था। ऐंग्लो-इण्डियन समाज में तो इस घटना ने उथल-पथल-सी मचा दी थी।

उस दिन मिसेज डी'सा को पकड़ा मैंने पूछा—कैसी हैं?

—अच्छी नहीं हूँ राइटर, अच्छी किस तरह रह सकती हूँ बताओ—मिसेज डी'सा ने उत्तर दिया।

—हाँ, यह तो है ही—

—अब शायद ज्यादा दिन नहीं रहूँगी—

बहुत दुःख हुआ उन्हें देखकर। वह चेहरा ही नहीं रह गया था। एकदम सूख गया था।

पूछा--असली बात क्या थी?

—वह तो मैं भी नहीं समझ पायी। दिमाग क्या ठिकाने था उस समय— जवाब दिया उन्होंने।

—पर आप तो उस समय वहाँ थीं।

—अकस्मात् जा पहुँची थी मैं वहाँ। शायद न जाना ही ठीक होता। नहीं जाती तो शायद चार्ली बच जाता—

—पर खून किसने किया? नैन्सी ने या फ्रेडी ने—

मेम साहब बोलीं--मैं भी तो ठीक से समझ नहीं पा रही हूँ। कोर्ट के एवीडेन्स से सब क्लीयर हो जायेगा—

—फैसला कब सुनाया जायेगा?

—उसमें अभी देर है—

कहकर और खड़ी नहीं रहीं मेम साहब। शायद यह बातें करना अच्छा नहीं लग रहा था उन्हें। धीरे-धीरे घर के अन्दर चली गयीं।

चुपचाप खड़ा रहा मैं भी। कुछ समझ नहीं पाया कि क्या सोच रही थीं मेम साहब! पर उनके अन्दर कुछ अप्रत्याशित घट रहा था इसका आभास मुझे हो गया।

इसके बाद रात को लेटे-लेटे उस तरफ कान लगाये रहता। मेम साहब प्रायः कोर्ट जातीं। काफी दूर था चाईबासा कोर्ट। लौटकर चुपचाप घर में घुस जातीं।

जो घर एक दिन हँसी-खुशी से भरा-पूरा था उसी घर में मरघट की-सी शान्ति छा गयी थी। आउट हाउस से भी नौकरों-चाकरों की आवाज नहीं आती थी अब। सबकी जुबान पर बस एक ही प्रश्न था—अब क्या होगा?

पर जानेवाला तो चला गया था?

आज भी याद है कि जब पुलिस आयी थी फ्रेडी को गिरफ्तार करने, डी० एल० एस० मिस्टर जेन्किन्स भी आकर भीड़ में एक तरफ खड़े हो गये थे।

कमरे के एक कोने में निस्पन्द पत्थर की मूर्ति के समान खड़ा था फ्रेडी, और उसकी कमर से लिपटी नैन्सी सिसक रही थी। पुलिस को देखकर आतंक से सिहर उठी थी वह। चीख मारकर बोली थी—नहीं, नहीं, फ्रेडी ने कुछ नहीं किया है, उसने खून नहीं किया···

दारोगा भला आदमी था और वैसे भी ब्रिटिश राज होने के कारण ऐंग्लो-इण्डियन्स के साथ पुलिस का व्यवहार इतना खराब नहीं था।

नैन्सी चीखी—क्यों आये हो तुम लोग? चले जाओ—चले जाओ यहाँ से—फ्रेडी ने खून नहीं किया···

बड़ा हृदयद्रावक दृश्य था वह भी।

चार्ली का रक्त-रंजित निर्जीव शरीर फर्श पर पड़ा था। थोड़ी देर पहले जो झगड़ा कर रहा था, माँ के अपमान का बदला लेने के लिए घर से छुपाकर रिवॉल्वर लेकर आया था, अब उसी का निर्जीव शव वहाँ निस्पन्द पड़ा था। अब चाहे कोई उसके डैडी को गाली दे या मम्मी को वह प्रतिवाद करने नहीं आयेगा। हर कलह, हर विवाद, हर झगड़े से बाहर चला गया था वह। यदि परलोक नाम की कोई चीज है तो उसकी आत्मा शायद वहीं पहुँचकर भगवान् के सामने अन्तिम फरियाद कर रही होगी।

कह रही होगी—मेरी माँ चाहे जो हो पर है तो मेरी माँ, मेरी जन्मदात्री। उसका अपमान मैं कैसे सह सकता हूँ, अपमान करनेवाले को कैसे क्षमा कर सकता हूँ? मेरी माँ का अपमान क्या मेरे डैडी का अपमान नहीं है? मेरी माँ का अपमान क्या मेरा अपमान नहीं है? माँ के अपमान का प्रतिवाद करना क्या अन्याय है? माँ के अपमान का बदला लेना क्या अनुचित है?

ऐंग्लो-इण्डियन्स का ईश्वर अलग है कि नहीं, पता नहीं, पर अगर दूसरा भी हो तो अन्य ईश्वरों की तरह ही वह भी उस दिन चुप ही रहा। आँखें फाड़े चार्ली की तरफ देखता रहा। और फिर जलद-गम्भीर स्वर में बोला—आमीन!!!

संसार में भगवान् की करुणा जिन्हें प्राप्त होती है वे उसकी महिमा का प्रचार करते रहें। लेकिन जिन्होंने कुछ भी नहीं पाया वह किस प्रकार विपत्ति के समय भगवान् का सहारा लेंगे? किस भरोसे चरम सीमा आने पर उसके चरणों में सिर रखकर प्रार्थना करेंगे, अर्जी पेश करेंगे? कैसे कहेंगे—तुमने मेरे पाप के बदले मेरे चार्ली को क्यों उठा लिया भगवान्? यह कैसा न्याय है तुम्हारा? उसके बदले मुझे क्यों नहीं उठा लिया तुमने? तुम्हारा उठा हुआ खड्ग मेरी गर्दन पर क्यों नहीं पड़ा?

उस दिन दूसरे लोगों की तरह मैंने भी वह दृश्य देखा था और सोचा था—इसमें और हममें तो कोई अन्तर नहीं है। लड़के के शोक में एक हिन्दू माँ जिस तरह छाती पीटकर रोती है, यह ऐंग्लो-इण्डियन माँ भी तो उसी तरह रो रही थी। माँ की जान में तो कोई भेद नहीं होता, वह तो एक ही है।

जब पुलिस आकर पास खड़ी हो गयी थी तब भी मिसेज डी'सा को कोई होश नहीं था। चार्ली का रक्त-रंजित शरीर छाती से लगाये कभी मुँह चूम रही थीं तो कभी माथा ठोकती और हृदयवेधी आर्तनाद करके कान के पास मुँह ले जाकर पुकार रही थी—चार्ली, माई सनी—चार्ली, माई सनी—

दारोगा को देखकर भी होश नहीं आया था मेम साहब को—बस चार्ली, चार्ली कहती रहीं—

जमीन पर पड़ा रिवॉल्वर एक सिपाही ने उठा लिया था।

फिर मिसेज डी'सा की ओर देखकर बोला था—सुनिये···

पर कोई असर नहीं हुआ था मेम साहब पर।

—सुनिये हम लोग इन्क्वायरी करने आये हैं—इन्वेस्टिगेशन करने आये हैं—पुलिस के लोग हैं—

पर चार्ली का शरीर नहीं छोड़ा उन्होंने। अन्त में, पुलिसवालों ने जबर्दस्ती लाश से अलग किया था उनको। कुछ भी हो आखिर थीं तो माँ ही। माँ से बच्चे को अलग करना क्या आसान होता है? उनके आर्त्तनाद से सबके नेत्र सजल हो उठे थे। मेरी भी आँखों में पानी आ गया था।

इसके बाद मेम साहब की हालत ऐसी हो गयी कि किसी भी तरह उनको घर लाना असम्भव हो गया था। तब रेलवे हॉस्पिटल से एम्बुलेन्स बुलाकर उसमें लाया गया उन्हें।

सबने मुझको ही साथ जाने को कहा था क्योंकि मैं ही मेम साहब का निकटतम पड़ोसी था।

मुझे याद है किसी भी तरह चुप नहीं करा पाया था मैं उन्हें। जैसे ही बेहोशी टूटती वे आर्त्तनाद करके रोने लगतीं।

मैंने उन्हें दोनों हाथों से पकड़ रखा था नहीं तो वे स्ट्रेचर से नीचे गिर जातीं।

मैंने कहा था—चुप हो जाइये मिसेज डी'सा—धीरज रखिये—

मेम साहब शायद पहचान पा रही थीं मुझे। एक बार बोलीं—अब मैं क्या करूँगी राइटर? किसके लिए जीवित रहूँगी मैं?

मैंने कहा—क्यों आपकी रेनी तो है। आप ही धीरज खो देंगी तो रेनी का क्या होगा बोलिये? वह किसके पास रहेगी?

—पर मेरा चार्ली तो नहीं रहा राइटर।

—पर रेनी तो है। उसके लिए तो जिन्दा रहना ही पड़ेगा आपको।

—लेकिन चार्ली तो मुझे बहुत प्यार करता था राइटर, मेरे अलावा किसी को नहीं जानता था वह, किसी को नहीं पहचानता था—क्या करूँ मैं? कहाँ जाऊँ? किसके लिए जियूँ?

हृदय फटा जा रहा था मेम साहब का। गयी थीं रेलवे कॉलोनी के स्टोर में सामान खरीदने और लौटीं बेटे की लाश लेकर।

परन्तु उनकी इस अवस्था ने भी मुझे जैसे अचम्भे में डाल दिया था। जो माँ अपने बेटे की मृत्यु के शोक से इतनी कातर हो सकती है वही माँ अपना बेटा घर में होते हुए उसके समवयस्क फ्रेडी के साथ एक बिस्तर पर कैसे सो सकी थीं।

तो क्या इसका यही कारण न था कि मेम साहब केवल माँ नहीं, नारी भी थीं। माँ और नारी क्या एक-दूसरी से कभी जुदा रह सकती हैं? नहीं! पर जाने क्यों विश्वास नहीं जम पाता।

अपने मन को कितना समझाया है मैंने···। कभी लगता अभिनय है सब, तो कभी धूर्तता ही प्रतीत होती; छलना और प्रवंचना लगती।

बड़ा जोर डालता अपनी स्मरण शक्ति पर कि इस विषय पर कहीं कोई कहानी या उपन्यास पढ़ा हो, पर याद नहीं आता। किसी ने लिखा हो शायद इस पर। कई बार लिखते-लिखते कलम रोक दी मैंने। नहीं, यह अश्लीलता है, यह अभद्रता है। माँ माँ ही होती है। माँ को इस अपराध में नहीं घसीटूँगा, माँ को कलंकित नहीं करूँगा। ऐसा करने से तो मेरी कलम भी कलंकित हो जायेगी।

पर फिर उन सज्जन की बात याद आ जाती कि हम लोग किताब देखकर लिखते हैं क्या—

उसी समय मेम साहब याद आ गयी थीं मुझे। सोचा था अगर वास्तविक जीवन की कहानी ही लिखनी हो तो मेम साहब की ही कहानी लिखना ठीक है। इससे और कुछ भी हो पर काल्पनिक कहानी लिखने की बदनामी से तो मुक्त हो ही जाऊँगा।

याद है, जब मेम साहब को एम्बुलेन्स से उतारकर कमरे में ले गया था तो मेम साहब बेहोश थीं। सबने मिलकर बिस्तर पर सुला दिया था उन्हें। रेनी हिचकी बाँधकर रोने लगी थी।

किसी को डॉक्टर बुलाने को कहकर मैंने रेनी की ओर देखकर कहा था—रोओ मत—नहीं तो तुम्हारे रोने की आवाज से तुम्हारी माँ फिर जग जायेंगी···

छोटी-सी लड़की। जन्म से ही केवल प्यार और ऐश्वर्य में पली थी। अभी तक जीवन की सरलता, सहजता, सुख व आराम ही देखा था। संकट किसे कहते हैं यह कभी नहीं जाना था। डैडी की मृत्यु देखी थी पर वह ऐसी नहीं थी। उससे मानसिक या आर्थिक कोई भी तो संकट उपस्थित नहीं हुआ था उसके सामने। डैडी के चले जाने पर भी मम्मी थीं। डैडी का अभाव महसूस नहीं होने दिया था मम्मी ने।

पर आज! रेनी की आँखों के सामने जैसे अँधेरा छा गया है।

चूँकि मैं ही एकमात्र प्रतिवेशी था इसलिए मैं ही उस दिन से अभिभावक बन गया उसका। डॉक्टर आया तो उसे मेरे ही साथ

परामर्श करना पड़ता। पुलिस आती तो भी मुझे ही खड़ा होना पड़ता था जाकर।

डॉक्टर कहता—नर्सिंग करनी पड़ेगी। नर्सिंग ठीक नहीं हो रही—

लेकिन कौन करेगा नर्सिंग। अन्त में नर्स बुलायी गयी और फिर मैं तो था ही।

और मैं तो केवल प्रतिवेशी ही नहीं दर्शक भी था। आँखों के झरोखे खुले रखकर सब देखता और, मन का आईना सामने करके सब उसमें उतारने का प्रयत्न करता था। किसी के ऐसे संकट के समय जिस तरह मेरा सांसारिक मन सहानुभूति दिखाता, उसी तरह मेरे लेखक मन को एक दार्शनिक आनन्द की अनुभूति होती। जैसे देखने, सोचने, लिखने की एक पृष्ठभूमि मिल गयी हो।

जब जॉन डी'सा जीवित थे तो दो-चार बार उनके ड्राइंगरूप में तो अवश्य गया था। बगीचे में बैठकर तो अक्सर ही उनके साथ चाय पी थी, पर अन्दर कमरे में कभी नहीं गया था।

ऐशो-आराम के साधनों व उपकरणों से परिपूर्ण था घर। बाहर से कुछ पता नहीं लगता था। कौन जाने कहाँ से जुटाया था उन्होंने यह सारा सामान। शायद मिस्टर जैन्किन्स साहब के यहाँ भी जो कुछ नहीं था वह यहाँ था। सब-कुछ होते हुए भी मेम साहब की ऐसी दुर्मति क्यों हुई?

रेनी का सूखा मुँह देखकर समझने की कोशिश करता कि उसे क्या अपनी माँ के इस परिणाम का कारण पता चल गया है? क्या यह भी पता चल गया है कि उसके लिए उसकी माँ ही जिम्मेदार है। उसके भाई की मृत्यु के पीछे भी उसकी माँ की कलंक-कथा जुड़ी थी अदृश्य रूप से?

एक दिन रेनी ने पूछा भी था—अंकल, चार्ली का मर्डर किसने किया? नैन्सी ने या फ्रेडी ने? फ्रेडी क्या इतना निष्ठुर हो सकता है?

मैंने कहा था—तुम इन सब बातों को लेकर सिर मत खपाओ बेटी, पुलिस इन्वेस्टिगेशन कर रही है, वही पता लगायेगी—

—तब भी तुम्हें किस पर सन्देह है?—फिर से पूछा था उसने।

—पर तुम मुझसे क्यों पूछ रही हो यह सब? जहाँ किसी के जीवन-मरण का प्रश्न हो वहाँ सन्देह होते हुए भी केवल अनुमान से कुछ कहना उचित नहीं होता।

—पर अगर यह प्रमागित हो जाये कि नैन्सी ने मर्डर किया है तो क्या उसे फाँसी हो जायेगी?

—हो भी सकती है—मैंने कहा।

—हो जायेगी तो मुझे बहुत खुशी होगी राइटर अंकल···

—क्यों? तुम्हें खुशी क्यों होगी?

जब तक नैन्सी नहीं आयी थी हम कितने सुखी थे? हमारी फेमिली में कोई दुःख नहीं था! फ्रेडी भी हमारा घर छोड़कर नहीं गया था···

—हाँ, यह तो ठीक है···

—और फिर चार्ली को अच्छी तरह जानती थी मैं। मेरा अपना भाई था इसलिए नहीं कह रही हूँ। वह किसी का खून करने जायेगा, इस पर तो विश्वास ही नहीं होता। नैन्सी ने क्यों उसे सड़क पर गाली दी। चार्ली ने तो उसे कुछ नहीं कहा था।

—लगता तो यही है कि चार्ली का इसमें कोई दोष नहीं था।

—पर तुम मुझे एक बात बताओ अंकल, माँ ने क्या सचमुच कोई गलत काम किया है। लोग जो कहते हैं क्या वह सच है?

—लोग क्या कहते हैं? मैंने पूछा था।

—लोग कहते हैं कि मम्मी का ही दोष है। उन्हीं की गलती के कारण चार्ली मारा गया। नैन्सी या फ्रेडी की कोई गलती नहीं थी—

मैंने कहा—यह तो मुझसे अधिक तुम्हारे जानने की बात है···

रेनी ने जवाब दिया—मैं तो यहाँ रहती नहीं थी—

—फिर भी मैं कैसे जान सकता हूँ। बाहर से मुझे कैसे पता लग सकता है तुम्हीं बताओ?

जाने क्या सोचने लगी रेनी मन में। फिर बोली—मुझे लगता है हमारे घर में फ्रेडी का आना ठीक नहीं हुआ—

हैरान रह गया था मैं—पूछा था—फ्रेडी को क्या तुम्हारी माँ लेकर आयी थीं?

सिर झुकाकर रेनी ने कहा—हाँ···

—पर मैंने तो कुछ और ही सुना था···

—नहीं अंकल, तुमने गलत सुना था।

विश्वास नहीं हुआ था मुझे कि फ्रेडी को मेम साहब खुद लायी थीं इसीलिए पूछा था—तुम्हें ठीक मालूम है?

रेनी बोली—हाँ, डैडी के मरने के बाद माँ हमें लेकर खड़गपुर गयी थीं। वहीं माँ ने पहली बार फ्रेडी को देखा था।

यह सुनकर मैं और भी हैरान हुआ। इस तथ्य से तो मैं अनभिज्ञ ही था। सच, जब आँखों से आँखें मिल जाती हैं तो फिर कोई दवा नहीं रहती उसकी। जैसे ही किसी की आँखों में किसी की आँखें पड़ती हैं, चार आँखों का खेल शुरू हो जाता है। तब न तो उम्र का ख्याल रहता है और न सम्पर्क का तारतम्य। शर्म-लिहाज भी ताक पर रखी रह जाती हैं। इसी का नाम शायद चार आँखों का खेल है। न्याय-अन्याय, सत् का प्रश्न भी नहीं रह जाता तब। विचार, विवेचना-बुद्धि भी नहीं रह जाती। चार आँखों के खेल में कोई भी प्रश्न, प्रश्न नहीं होता, वहाँ तो आँखों का नशा होता है बस। उस नशे के कारण कितने ही परिवार संकटग्रस्त हो जाते हैं, कितने अतल गहराई में चले जाते हैं कहीं कोई रिकार्ड नहीं है इसका।

और कोई हिसाब, कोई रिकार्ड नहीं है इसी कारण तो आज मैं यह किताब लिखने बैठा हूँ।

मुकदमा चलते काफी दिन हो गये थे। उस दिन रात को नैन्सी भी आकर चली गयी थी। शहर में हर समय यही चर्चा रहती थी हर एक की जुबान पर। जितने मुँह उतनी बातें। जिन लोगों को एक की चार करने में ही सुख मिलता है, उनके लिए मसाला काफी था।

रास्ते में जब भी तारक बाबू या नरसिंह बाबू मिल जाते तो पकड़ लेते।

कहते—तुम तो बगल में रहते हो, मामला क्या है? पता लगा कुछ?

मैं कहता—नहीं···

तब भी नहीं छोड़ते वह। उनको लगता जैसे मैं बताना नहीं चाहता। जानता सब हूँ पर दबा जाता हूँ।

कहते—मैंने तो सुना है कि तुम एम्बुलेन्स में मेम साहब को घर ले गये थे? उसके बाद होश नहीं आया उन्हें? तुमने उनसे पूछा नहीं कुछ भी?

इन सब बातों का जवाब नहीं देता मैं। और जवाब देना भी चाहूँ तो क्या दूँ? मैं बाहर का आदमी जो ठहरा। मैं पूछूँ भी तो वह मुझे बताने क्यों लगीं और उन्हें भी असलियत कैसे पता चलती। वह अन्दर तो थीं नहीं घटना के समय और कमरे का दरवाजा अन्दर से बन्द था।

मैं तो मेम साहब को लेकर चला आया था। उधर फ्रेडी को गिरफ्तार करके ले गयी थी पुलिस।

और चार्ली की मृत देह?

इस बारे में जो भी नियम-कानून है सब पूरे हुए थे। पोस्टमार्टम से शुरू करके थाना, पुलिस, कोर्ट, कचहरी सबने मिलकर चक्रधरपुर निवासियों को उत्तेजना की अच्छी खुराक जुटा दी थी।

फ्रेडी की जमानत नहीं हुई थी। उसे हर तारीख पर हवालात से लाकर कटघरे में हाजिर किया जाता था।

जैसे ही किसी की गवाही शुरू होती वह मुँह बाये सूनी आँखों से देखता रहता सबको। वह मानो कुछ भी न सुन पा रहा होता। सुनने की, समझने की शक्ति ही कहाँ रह गयी थी उसमें?

बयानबन्दी में कुछ भी नहीं कहा था उसने। अर्थात् ऐसा कुछ नहीं कहा था जो उसके विरुद्ध जाता।

उससे पूछा गया था—जो रिवॉल्वर जमीन पर पड़ा था वह किसका है?

—चार्ली का—फ्रेडी ने जवाब दिया था।

—वह क्या तुम्हारी पत्नी का खून करने आया था?

—हाँ।

—फिर? उसके बाद क्या तुमने उसके हाथ से रिवॉल्वर छीनना चाहा था?

—नहीं।

—तो फिर किसकी गोली से चार्ली का खून हुआ? तुम्हारी या तुम्हारी पत्नी की?

—पता नहीं।

—पता नहीं मतलब? तुम तो कमरे में ही थे। तुम्हारे सामने ही तो उनमें आपस में कहा-सुनी हुई थी?

इसका भी कोई उत्तर नहीं दिया था फ्रेडी ने। इसके बाद कितने ही प्रश्न किये गये पर फ्रेडी के मुँह से आवाज ही नहीं निकली। गूँगा हो गया था जैसे वह।

इसके बाद नैन्सी की बारी आयी थी बयान देने की।

—जब चार्ली का खून हुआ, तब तुम कहाँ थीं?

—अपने क्वार्टर में।

—चार्ली जब आया तो उसके हाथ में रिवॉल्वर था?

—हाँ।

—वह क्या तुम्हें मारने आया था?

—किस मतलब से आया था यह तो नहीं मालूम। पर वह फ्रेडी को डरा-धमका जरूर रहा था।

—फ्रेडी से कोई वैर था उसका?

—होना स्वाभाविक ही है क्योंकि फ्रेडी पहले उनके घर रहता था, फिर चला आया था।

—चले आने में गुस्से की क्या बात थी?

—उसके चले आने से उनकी आय पर प्रतिकूल असर पड़ा था।

—लेकिन घटना के दिन शाम को लेवेल क्रॉसिंग पर तुमने चार्ली को गाली दी थी क्या?

—गाली मैंने नहीं दी थी बल्कि चार्ली ने ही गाली दी थी मुझे।

—उसी गुस्से में क्या वह तुमसे बदला लेने आया था?

—शायद ऐसा ही था।

—पर उसी के रिवॉल्वर से उसका खून किसने किया?

—यह मुझे नहीं मालूम।

—बिल्कुल जानती हो तुम। बताना पड़ेगा तुम्हें। जब तुम कमरे में ही थीं तो निश्चय ही तुमने सब देखा होगा। फ्रेडी ने ही क्या तुम्हें बचाने के लिए चार्ली के हाथ से रिवॉल्वर नहीं छीन लिया था?

—नहीं, नहीं, फ्रेडी ने खून नहीं किया। वह खून कर ही नहीं सकता। फ्रेडी बहुत अच्छा लड़का है।

—पर किसी ने तो खून किया ही है। बताओ, किसने किया है?

—मुझे नहीं मालूम।

—मालूम नहीं का मतलब?

—मैं बहुत डर गयी थी। डर से मैंने आँखें बन्द कर ली थीं। गोली चलने की आवाज से आँख खुली तो देखा चार्ली जमीन पर पड़ा था और उसके सिर से खून बह रहा था।

पर सरकारी वकील इतना बेवकूफ नहीं था। खोद-खोदकर बातें निकालने लगा, जिरह करने लगा। जिरह में नैन्सी गड़बड़ा गयी। प्रश्नों के उल्टे-पुल्टे जवाब देने लगी।

मिस्टर बुकानन की काली लड़की नैन्सी। चक्रधरपुर के ऐंग्लो-इण्डियन समाज की सबसे बुरी तकदीरवाली थी। कभी घूमकर भी किसी ने नहीं देखा उसकी ओर। इतने दिन बाद मुश्किल से विवाह करके गृहस्थी जमायी थी। फ्रेडी-जैसा अच्छा पति उसे मिला यह शायद सहा नहीं गया किसी से।

उस दिन लड़कों में भी आपस में इसी बात को लेकर चर्चा हो रही थी।

एक ने कहा—असल में खून तो नैन्सी ने ही किया है—असली मर्डरर तो वही है—

—यह कैसे हो सकता है?

—होता है, होता है! इस दुनिया में सब-कुछ सम्भव है। उस दिन घर में जो मौजूद था, उसी ने मुझे बताया है—

—कौन है वह?

नैन्सी का बटलर। झगड़े की आवाज सुनकर वह किचन से बरामदे में आकर खड़ा हो गया था।

—उसके बाद?

—आश्चर्य है आश्चर्य। दुबली-पतली लड़की है तो क्या पर कम तेज नहीं है। फ्रेडी के साथ विवाह होने के बाद तो जैसे वह तेज और भी बढ़ गया है, घमण्ड के कारण जैसे उसके पैर नहीं पड़ते जमीन पर। फ्रेडी का हाथ हाथ में लिये हर रविवार को चर्चा जाती थी मानो सबको दिखाना चाहती हो कि तुम लोगों ने मुझे दुत्कारा तो क्या हुआ देखो फ्रेडी कितना प्यार करता है मुझे।

और फ्रेडी भी वैसा ही था।

कहाँ का माँ द्वारा विताड़ित लड़का। ममता और प्यार का मुँह ही नहीं देखा जिसने बचपन से। फिर यहाँ आकर जो प्यार और स्नेह मिला वह जितना कदर्य था उतना ही वीभत्स भी। हाँफ उठा था वह मिसेज डी'सा के प्यार से। भागना चाहा था उसने। आत्महत्या करने की भी सोची हो शायद। छुप-छुपकर रोया भी होगा। फिर जब किसी तरह भी शान्ति नहीं मिली तब नैन्सी में ही आश्रय ढूँढ़ा था उसने।

एक-सी अवस्था थी दोनों की—विताड़ित प्रताड़ित। इसीलिए दोनों जब रेलवे इन्स्टीट्यूट में मिले तो दोनों की जान में जान आयी। दोनों को जैसे अपना-अपना आश्रय मिल गया था।

इस पृथ्वी के सिर पर जैसे एक सूर्य है उसी प्रकार जमीन के अन्दर भी एक अँधेरा नरककुण्ड है जहाँ उस सूर्य का प्रकाश नहीं पहुँचता। अगर वहाँ तक पहुँच पाता तो आदमी को जीवन के अनेकों दुर्भोगों से मुक्ति मिल जाती। बहुत-से कलंकों से दूर रहता वह। उस नरक की बात जानते सब हैं पर आँख की आड़ में रखकर मुख पर पवित्रता की बातें करते हैं। साहित्य में अभी तक अपांक्तेय कर रखा है हमने उसे, समाज से भी छिपाकर रखा है। कभी-कभार अगर पत्र-पत्रिका में वह प्रकाशित हो जाता है तो या तो हम छि:-छि: करने लगते हैं या पन्ना पलटकर उधर से आँखें फेर लेते हैं और मन को अन्यत्र बहलाने की कोशिश करने लगते हैं।

उसी प्रकार फ्रेडी ने भी एक दिन मन को बहलाना चाहा था। सोचा था लोगों की आँखों की आड़ में, अँधेरे में जो कुछ हुआ था उसे कोई नहीं जान पायेगा। नये परिवेश की स्वस्थ आबोहवा में वह भी जीवन का नये रूप में आस्वाद लेगा। भूल जायेगा अतीत की बातें। मन से निकाल देगा सब, विगत परिच्छेद के वे कलंकमय कुछ पन्ने जीवन की किताब फाड़कर ही फेंक देगा।

परन्तु उस दिन क्या उसे पता था कि जीवन के आईने में जब किसी चीज की प्रतिच्छवि पड़ जाती है तो पसन्द-नापसन्द की बात नहीं रह जाती। दोनों को स्वीकार करके नीरव दर्शक होने के अलावा कोई उपाय नहीं रह जाता मनुष्य के लिए। जिस प्रकार वह सूर्य सत्य है, उसी प्रकार वह नरक भी सत्य है। दोनों का अस्तित्व मान लेने पर कोई भी गोलमाल नहीं रह जाता।

हवालात में जितने दिन फ्रेडी बन्द रहा, रोज नैन्सी उससे मिलने जाती रही।

खून का मुलजिम। चक्रधरपुर निवासियों के लिए जितना वह अचम्भे की वस्तु था पुलिसवालों के लिए उतनी ही चिन्ता का विषय भी।

नैन्सी सीखचों के इस पार रहती और फ्रेडी उस पार। कुछ देर दोनों एक-दूसरे की ओर अपलक देखते रहते, फिर नैन्सी हाथ बढ़ाकर उसे छूती।

धीरे-धीरे कहती—फ्रेडी, माई डियर—

फ्रेडी चुप ही रहता, कुछ नहीं कहता। बस उसकी आँख से टप्-टप् आँसू टपक पड़ते।

तुम चिन्ता मन करो फ्रेडी। डोण्ट यू वरी—मेरे लॉइयर ने कहा है एव्री थिंग विल बी आल राइट—सब ठीक हो जायेगा।

—पर मैंने तो खून किया है नैन्सी। अपने हाथ से चार्ली को···

झट से अपने हाथ से फ्रेडी का मुँह बन्द कर देती नैन्सी—श्-श्-श्-श्···नेवर अदर दोज वर्ड्स अगेन! चुप रहो। यह क्या हो गया है तुम्हें। सब सुन लेंगे। तुमने खून किया है तो क्या तुम दोषी साबित हो गये? यह कोर्ट है। अदालत है इसका नाम। यहाँ रात को दिन और दिन को रात बनाया जाता है। कौन खूनी है और कौन निरपराध, इसके विचारक तुम नहीं हो। उसके लिए वकील कर लिया गया है। बिहार का बेस्ट वकील है। सारा पैसा उस वकील पर लुटा रही हूँ। सारा जेवर बेच दिया है। तुम बिल्कुल चिन्ता मत करो। जो कुछ भी करना होगा वह लोग ही करेंगे। बस तुम अपना स्टेटमेण्ट मत बदलना। संसार के सच-झूठ और कोर्ट के सच-झूठ के मानदण्ड अलग-अलग होते हैं। मनुष्य का मनुष्यत्व जिस प्रकार वास्तविकता है उसी प्रकार कोर्ट की वास्तविकता एवीडेन्स है। प्रमाण न मिलने पर तुम्हारे ऊपर मुकदमा चलाने का अधिकार किसी को नहीं है। सन्देह के रन्ध्र द्वारा तुम अवश्य छूट जाओगे। क्यों सोचते हो? प्रे टु गॉड। भगवान् से प्रार्थना करो। लॉर्ड जीसस क्राइस्ट का आशीर्वाद तुम्हारी रक्षा करेगा, उस पर विश्वास रखो।

—पर नैन्सी, अब मेरी सहन शक्ति जवाब दे रही है।

—और कुछ दिन धैर्य रखो। केस तुम्हारे फेवर में है। अब धैर्य मत खोओ। कीप योर नर्ब्ज़ माई डियर!

लेकिन नैन्सी के बटलर की गवाही ने सब उलट-पुलट कर दिया।

उसकी गवाही से कोर्ट में हो-हुल्लड़ मच गया। अब तक जिस प्रकार मुकदमा चल रहा था, जिस ओर जा रहा था ठीक उससे विपरीत दिशा में चल पड़ा अब।

वह बोला—मैंने मेम साहब के हाथ में पिस्तौल देखी थी—

—मेम साहब को गोली छोड़ते देखा था—

—नहीं।

—तो फिर?

—देखा पिस्तौल जमीन पर पड़ी थी। लगा मेम साहब के हाथ से ही गिरी थी वह—

और जरा देर बाद ही वह ऐसी उलटी-सीधी बातें करने लगा कि कोर्ट में शोर मच गया।

उस दिन की गवाही के बाद नैन्सी भी जरा डर गयी थी। उसी दिन रात को तो मेम साहब के घर वह अघटनीय घटना घटी थी। नैन्सी खुद गयी थी मिसेज डी'सा के यहाँ।

ऐसी कल्पना नहीं की थी मैंने।

रात के शायद बारह बजे थे। राँची रोड निस्तब्ध और जन शून्य थी। कभी-कभी दो-एक गाड़ियाँ राँची की ओर तेजी से गुजर जातीं। सामने के मैदान पर अन्धकार का राज्य था। और उधर स्टेशन के यार्ड से बीच-बीच में शण्टिंग की आवाज आ रही थी बस!

ऐसे समय सबके निद्रा-निमग्न रहने की बात थी। ठीक उसी समय मेम साहब के घर के बाहरी दरवाजे पर खटखटाहट हुई थी।

—कौन?

अन्दर से रेनी की आवाज आयी—हूँ? हू इज दैट?

इतनी रात को कौन आ सकता है। जरा देर पहले मैं वहीं था। कोर्ट में जो कुछ उस दिन हुआ था, वही बताने गया था। ध्यान से सुना था सब-कुछ मेम साहब ने।

मैंने कहा था—अब तो डरने की कोई बात नहीं है—

—क्यों?

—फ्रेडी के बटलर की बात से तो प्रमाणित हो गया है कि पिस्तौल नैन्सी के हाथ में ही थी···

—उससे क्या प्रमाणित हो जायेगा कि खून नैन्सी ने किया है?

—कोई आश्चर्य नहीं। पुलिस जब कमरे में घुसी तो रक्त में डूबा चार्ली धरती पर पड़ा था। आप भी खड़ी थीं वहाँ। फ्रेडी भी खड़ा था और पास ही नैन्सी भी खड़ी थी···

मेरी तरफ अच्छी तरह देखा मेम साहब ने। भयाच्छन्न हो गये थे उनके नेत्र।

बोलीं—तो फिर क्या होगा?

—सब कह रहे थे कि अब नैन्सी को भी अरेस्ट कर लेगी पुलिस···

—अगर प्रमाणित हो जाये कि नैन्सी ने खून किया है, तब?

—तब जो होना है वही होगा।

जाने क्या सोचने लगी थीं मेम साहब मन-ही-मन। फिर कुछ बोली नहीं थीं। दूसरी ओर करवट ले ली थी उन्होंने। मैं भी उठकर चला आया था।

रेनी वहीं थी। मेरे साथ वह भी कमरे से बाहर आ गयी। इधर कुछ दिनों से जैसे उसके मुँह की आवाज भी बन्द हो गयी थी। उसकी आँखों के आगे भी जैसे अँधेरा छा गया था। इस उम्र में ही मानो बुढ़िया हो गयी थी वह। न ढंग के कपड़े पहनती थी और न कुछ बोलती थी। पहचानी ही नहीं जाती थी वह।

मेरे पीछे आकर पुकारा—राइटर अंकल···

पीछे घूमकर पूछा—क्या है रेनी?

—हम लोगों का क्या होगा अंकल?

क्या होगा तुम्हारा? मुकदमा तो चल रहा है···

—मुकदमे में क्या होगा? क्या लगता है तुम्हें?

—अभी क्या कह सकता हूँ मैं? अब शायद नैन्सी को अरेस्ट करेगी पुलिस। आज के एक गवाह की एवीडेन्स से तो मुकदमे का रुख ही बदल गया है···

—इसका मतलब?

—इसका मतलब है कि यदि प्रमाणित हो जाता है कि मर्डर नैन्सी ने किया है तो शायद उसे फाँसी हो जाये।

सुनकर सहसा स्तम्भित हो गयी रेनी। कुछ बोली नहीं। फिर कोई बात नहीं हुई। मैं अपने घर चला आया धीरे-धीरे। रेनी ने भी दरवाजा बन्द करके अन्दर से चिटकनी लगा ली थी।

मैं लेटकर सोने की कोशिश कर रहा था कि उस आवाज़ से नींद उड़ गयी। कान लगा दिये मैंने उधर।

रेनी अन्दर से पूछ रही थी—कौन? हू इज दैट?

—मैं!

किसी नारी की बड़ी डरी हुई आवाज थी।

रेनी को शायद इतनी रात को दरवाजा खोलने में डर लग रहा था। अच्छी तरह परखने-पहचानने के लिए फिर से पूछा उसने—कौन हैं?

—मैं, नैन्सी!

नैन्सी नाम सुनते ही मैं हैरान हो गया। रेनी भी कम नहीं चौंकी होगी!

साथ-साथ दरवाजा खोलकर बोली—तुम! तुम अब क्या करने आयी हो यहाँ।

—एक बार आण्टी से मिलने आयी हूँ।

—पर क्या काम है आण्टी से?

—बहुत जरूरी काम है, बस एक बार ले चलो मुझे उनके पास?

—मम्मी सो गयी हैं।

—एक बार उठा दो न। बहुत जरूरी बात करनी है, बिना बात किये काम नहीं चलेगा, प्लीज! वेक हर अप!

—जो बात है मुझसे कहो मैं कह दूँगी मम्मी से—

—तुम नहीं समझोगी। तुम्हारी मम्मी से ही कहने की बात है।

दोनों की बात से शायद मेम साहब की नींद खुल गयी थी।

लेटे-लेटे बोलीं—कौन है? हू इज देयर?

—मैं हूँ आण्टी—नैन्सी—

—क्यों आयी हो तुम यहाँ? जाओ—निकल जाओ मेरे घर से···

रो पड़ी नैन्सी, भागकर मेम साहब के पाँवों पर गिर पड़ी।

पाँवों में सर रगड़कर बोली—मुझे माफ करो आण्टी, मुझे बचा लो, बचा लो मुझे आण्टी···

पाँव खींच लिये मेम साहब ने।

बोलीं—मैं तुम्हारी कोई बात नहीं सुनना चाहती। निकल जाओ तुम मेरे घर से।—आई से बी ऑफ!

दूर खड़ी रेनी सब देख रही थी। देखकर आश्चर्यचकित रह गयी थी। जो सारे झगड़ों की जड़ थी वही आज आकर पाँवों में सर रगड़ रही थी, विश्वास नहीं हो रहा था उसे। जब तक नैन्सी नहीं आयी थी तब तक परिवार में कितनी शान्ति थी कितना सामञ्जस्य था, कैसा समन्वय था! तब चार्ली, रेनी, मम्मी, फ्रेडी सब मिलकर चर्च जाते, इन्स्टीट्यूट जाते। शाम

को गार्डेन में टेबिल-कुर्सी लगाकर चाय पीते। पर जाने किस अशुभ घड़ी में एक यार्ड फोरमैन की लड़की का आविर्भाव हुआ और सब जैसे तहस-नहस हो गया।

रेनी भी यह सब देखकर अपने को रोक नहीं पायी। बोली--निकल जाओ, निकल जाओ तुम···

माँ बेटी दोनों ही जिसे घर से निकल जाने को कह रही हों, उसके लिए चले जाने के अलावा और उपाय भी क्या था। पर उस दिन नैन्सी इस घर से निकलकर चले जाने के लिए नहीं आयी थी।

बोली—मुसीबत में पड़कर तुम्हारे पास आयी हूँ, इस तरह निकालो मत मुझे—आई बेग योर पिटी···

—किसने आने को कहा तुमसे। अपना तो सर्वनाश किया ही अब हमारा भी सर्वनाश करना चाहती है। पहले ही कुछ कसर छोड़ी है क्या जो···

—मुझे क्षमा कर दो आण्टी, आज मैं तुमसे माफी माँगने ही आयी हूँ···

—क्यों माफी दूँ तुम्हें? कौन-सा उपकार किया है तुमने हमारा? चार्ली का मर्डर कर दिया और फिर उसके बाद भी मुँह दिखाने चली आयी हो?

नैन्सी बोली—पर मेरे लिये और कोई रास्ता भी तो नहीं है आण्टी इसके सिवा···

—उपाय नहीं है तो जहन्नुम में जाओ—यहाँ क्यों आयी हो?

—अब तुम्हारे अलावा मुझे कोई नहीं बचा सकता आण्टी?

—उस दिन तुम्हें आण्टी का कोई ख्याल नहीं आया था जब छाती ठोककर फ्रेडी को अपने साथ ले गयी थीं? अब? अब कहाँ गया तुम्हारा फ्रेडी?

रो पड़ी नैन्सी। बोली—आज मैं माफी माँग रही हूँ आण्टी। जो कुछ भी मैंने किया है सबके लिए माफी माँगती हूँ···

—तुम्हारे माफी माँगने से सब हो जायेगा? और मैं माफ कर दूँगी तुम्हें? ऐम आई सो फुलिश?

—लेकिन अगर तुमने माफ नहीं किया तो फ्रेडी को फाँसी हो जायेगी आण्टी।

—हो जाये फाँसी। फ्रेडी को फाँसी हो या तुमको, मुझे इससे क्या? मुझे क्यों परेशान करने आयी हो तुम?

—आण्टी, इस बार माफ कर दो बस···

—नहीं, चली जाओ तुम—गेट आउट फॉर गुड!

कहकर करवट बदल ली थी मेम साहब ने अर्थात् अब वह उसके साथ बात नहीं करना चाहती थीं।

किन्तु जो जीवन-मरण की अन्तिम सीमा पर खड़ी थी उसके लिए मान-अपमान का प्रश्न ही कहाँ था। अगर मरना ही उसकी नियति थी तो फाँसी के फन्दे से मरना और आण्टी की लात खाकर मरना दोनों एक-जैसे थे। कसकर पाँव पकड़ लिये नैन्सी ने मेम साहब के। कहने लगी—आण्टी—आण्टी—

पाँव खींचकर गुस्से से एक लात मारी मेम साहब ने और जोर से चिल्लायीं—निकल—निकलती है कि नहीं—यू बिच···

रेनी भी अब तक जो थोड़ी भद्रता दिखा रही थी उसे छोड़कर गुस्से में भर उठी। हाथ पकड़कर खींचते हुए बोली—जाओ, निकल जाओ हमारे घर से—हम क्या तुम्हारे कारण सोयें भी नहीं—

कातर स्वर में रेनी से बोली—रेनी तुम मेरी विपत्ति के बारे में सोचो एक बार! कितने बड़े संकट में पड़कर मनुष्य इस प्रकार लाज-शरम छोड़कर किसी के पाँव पकड़ता है—

—हमें क्या जरूरत पड़ी है सोचने की···

—पर बताओ मैं क्या करूँ?

—क्या करना है यह तुम जानो। हमें कोई मतलब नहीं इससे।

—अगर मेरे फ्रेडी को फाँसी हो गयी तो?

—फाँसी तो होगी ही, साथ ही तुम्हें भी फाँसी पर चढ़ा दें वह लोग। हमारा कुछ नहीं आता-जाता इससे, तुम चली जाओ यहाँ से।

मेम साहब खिन्न हो रही थीं नैन्सी की बातों से। बोलीं—क्यों उसके साथ बात कर रही है रेनी। जाने को कह दे न उसे—शो हर आउट!

—मैं तो कह रही हूँ मम्मी, पर वह जा ही नहीं रही।

—धक्का देकर नहीं निकाल सकती उसे? तेरे बदन में इतना भी जोर नहीं है—

—आण्टी!

करुण दृष्टि से नैन्सी ने मेम साहब की ओर देखा।

—नहीं, मैं तुम्हारी कोई बात नहीं सुनूँगी, तुम चली जाओ मेरे घर से—प्लीज नैन्सी यू गो अवे!

—पर मेरा क्या होगा?

—मेरे अपने बारे में कौन सोचे इसका तो ठिकाना नहीं है। मैं सोचूँगी तुम्हारे बारे में?

—मेरे बारे में मत सोचो, पर फ्रेडी के बारे में तो सोचोगी?

—तो क्या मेरे लड़के से फ्रेडी बड़ा हो गया? कौन है वह मेरा? कोई नहीं है। कुछ नहीं लगता वह मेरा।

—तो फिर मैं जाऊँ?

—हाँ···

—तो फिर यही अन्तिम मिलना है तुम्हारे साथ आण्टी।

—भले ही हो।

कहकर मेम साहब ने तकिये में मुँह छुपा लिया।

धीरे-धीरे नैन्सी उठकर खड़ी हो गयी। फिर जैसे आयी थी वैसे ही लौट गयी और अँधेरे में खो गयी।

कोर्ट में फिर कोलाहल मच गया एक बार। जो लोग हर पेशी पर चाईबासा जाते थे उस दिन आकर एक नयी ही खबर सुनायी उन्होंने।

सुनकर तारक बाबू बोले—अरे मोशाय, मैं तो तभी से कहता आ रहा हूँ···

—क्या कहते आ रहे हैं?

—कहता आ रहा हूँ कि मेम साहब का ही दोष है। सारे झगड़े की जड़ मेम साहब ही हैं···

—इसका मतलब—नरसिंह बाबू ने पूछा था।

—इसका मतलब यह है कि उसी की वजह से झगड़ा बढ़ा। मेम साहब का ही चरित्र यदि अच्छा होता तो ऐसा होता ही क्यों? वही तो अन्दर-ही-अन्दर पी रही थी अब तक। उसी के पाप के कारण ही तो उसका लड़का मरा।

खबर बिल्कुल ही नयी व रुचिकर थी।

अब तक की प्रतिदिन की कोर्ट की खबरें जैसे उनके मन को उल्लसित नहीं कर पा रही थीं। जैसे जो चाह रहे थे वह सुनने को नहीं मिल रहा था। और आज वह सुनने को मिल गया था। ऐंग्लो-इण्डियन परिवारों में भी एक हलचल-सी मच गयी थी उस खबर को सुनकर। उनके अपने समाज की निन्दा जो थी उसमें। जब तक यह खबर दबी हुई थी तब तक तो स्वयं वे ही उसे लेकर मजाक करते रहे पर वे यह कभी नहीं चाहते थे कि वह सब पर प्रकट हो जाये। नेटिव लोगों के सामने वह स्वयं को उनसे ऊँचा बनाये रखना चाहते थे।

पर ऐसा हुआ नहीं। ब्रिटिश राज में भय के कारण जिन्हें सम्मान देना पड़ता था उनका कोई दोष, कोई त्रुटि मिलने पर खुश होने की बात यहाँ भी थी। क्लब में, इण्डियन इन्स्टीट्यूट में, घरों के सामने जहाँ भी चार आदमी इकट्ठा होते यही खुसपुसाहट होने लगती।

जिसने अब तक नहीं सुना था सुनकर कहता—अच्छा ऐसा···

—हाँ मोशाय, हाँ···

—पर अब क्या होगा?

—और क्या होगा, फाँसी हो जायेगी।

जैसे फाँसी हो जाने से सबको एक अद्‌भुत खुशी मिल जायेगी। अर्थात् वह लोग चाहते थे कि केस लम्बा चलता रहे। और यह रोमांच बना रहे, कौतूहल जागता रहे नित्य प्रति। केस जरा और जटिल हो जाये। अपने को उनसे उच्च समझनेवालों की कुछ और निन्दनीय बातें सुननें को मिलें।

अगले दिन ही रेनी के साथ मेरा साक्षात् हुआ। मुझे देखकर बोली—राइटर अंकल, जानते हो क्या हुआ? कल रात को तुम्हारे चले जाने के बाद नैन्सी हमारे यहाँ आयी थी···

फिर धीरे-धीरे सारी घटना सुना दी।

मैंने पूछा—फिर?

—फिर मैं अपने कमरे में सोने चली गयी थी। रात को मम्मी ने भी कुछ नहीं कहा उसके बाद। पर आज सुबह से न तो वह कोई बात कर रही हैं और न कुछ खा रही हैं, बस वैसी ही पड़ी हुई हैं।

इसी तरह कई दिन निकल गये। यथारीति मेम साहब को देखने गया था, पर कोई बात नहीं की उन्होंने मेरे साथ।

मैंने पूछा था—कैसी हैं?

धीरे से जवाब मिला—अच्छी हूँ—

और कोई बात नहीं हुई। मुकदमे के सम्बन्ध में भी मैंने भी कुछ नहीं पूछा। एक उदासीन भाव आ गया था उनमें मुकदमे की हार-जीत के लिए भी कोई भावना या चिन्ता नहीं रह गयी थी जैसे। चार्ली की मृत्यु का भी कोई आवेग, शोक नहीं रह गया था उन्हें। मेम साहब, मेम साहब नहीं रह गयी थीं। क्या हो गयी थीं, कहना असम्भव था।

तीन दिन बाद की बात है?

कोर्ट में उपस्थित लोग अचम्भे में पड़ गये थे। मेम साहब का अपना लड़का मारा गया था। उनकी गवाही पर ही सब निर्भर था। इसलिए उस दिन उनकी गवाही सुनने के लिए इतनी भीड़ थी कोर्ट में।

फ्रेडी भी अपने कटघरे में चुप, सूनी आँखें लिये खड़ा था।

सरकारी वकील मेम साहब से जिरह करने लगा।

—आप उस दिन मुलजिम के क्वार्टर में किसलिए गयी थीं?

शान्त स्वर में मेम साहब ने जवाब दिया—फ्रेडी के क्वार्टर में जाने के लिए तो मैं घर से निकली नहीं थी, मैं तो प्राविजन खरीदने गयी थी।

—तो फिर फ्रेडी के घर कैसे पहुँच गयीं?

—बहुत दिन से फ्रेडी को देखा नहीं था, और उसके लिए मन जाने कैसा हो रहा था—

—फिर? फ्रेडी से मिलीं?

—नहीं—

—क्यों?

—मैंने बाहर से ही अपने लड़के चार्ली की आवाज सुनी।

—लड़के की आवाज सुनकर ही आप अन्दर नहीं गयीं? वकील के प्रश्न में व्यंग्य का तीखा डंक था।

—नहीं। अविचल उत्तर था मेम साहब का।

—क्यों नहीं गयीं? क्या आपको किसी तरह की हिचक हुई थी अन्दर जाने में…क्योंकि आपका बेटा वहाँ था?

—नहीं, हिचक किस बात की होती? हैरानी में पड़ जाने के कारण ही अन्दर नहीं घुसी थी। उससे पहले कभी मैंने अपने लड़के को वहाँ जाते नहीं देखा था—इसीलिए जरा ठिठककर रुक गयी थी।

—आप क्या बाहर खड़ी होकर अन्दर की बातें सुनने लगी थीं?

—हाँ।

—क्या सुना आपने?

—सुना चार्ली नैन्सी को गाली दे रहा था।

—गाली क्यों दे रहा था?

—उस दिन शाम को नैन्सी ने रेलवे लेवेल क्रॉसिंग पर चार्ली को साइकिल से धक्का दे दिया था शायद इसीलिए।

—क्या कह रहा था वह?

—ब्लडी, बास्टर्ड, ब्लैकी···

—और क्या कह रहा था?

और जो कुछ कह रहा था वह मेरे मुँह से नहीं कहा जायेगा। भाषा अश्लील थी—

—आपने इससे पहले कभी अपने लड़के को इस तरह की अश्लील भाषा का व्यवहार करते सुना था?

—हाँ।

—पर दूसरे गवाहों ने तो कहा है कि आपका लड़का बहुत शान्त प्रकृति का था। उसने कभी किसी के साथ झगड़ा नहीं किया था। यह क्या झूठ है?

—हाँ।

—क्या इन सब लोगों ने झूठ बोला है?

—हाँ, मैं चार्ली की माँ हूँ। मुझसे भी ज्यादा क्या वह लोग जानते हैं चार्ली को?

—अच्छा यदि मान लिया जाये कि आपका लड़का बदमिजाज था तो क्या आप यह कहना चाहती हैं कि आपके लड़के की गालियों से ही नैन्सी ने धीरज खोकर फ्रेडी को उत्तेजित किया?

—नहीं, मैं यह नहीं कहना चाहती—मिसेज डी'सा ने कहा।

—तो फिर उस कटघरे में खड़े मुलजिम की तरफ देखकर बताइये कि वह क्या निर्दोष है?

बहुत देर बाद मेम साहब ने फ्रेडी की ओर नजर उठायी। पूर्ण निस्तब्धता थी कोर्ट में इतनी कि अगर सुई भी गिरती तो आवाज सुनायी दे जाती। लोगों का कौतूहल चरम सीमा तक पहुँच चुका था। जैसे सब लोग केस के और उलझ जाने की कामना कर रहे थे। अपने जीवन की सुषुप्त कामनाएँ सर्प की तरह मन के गोपनीय गह्वर में छुपी रहने के कारण उनका बहिर्प्रकाश दूसरे लोगों के जीवन के माध्यम से देखने पर एक विचित्र आनन्द का स्वाद मिलता है मनुष्य को। स्वाभाविक जीवन में उसी साध की पूर्ति न होने के कारण लोग कोर्ट जाते हैं, खून का मुकदमा सुनने के लिए।

उस दिन इसीलिए बहुत भीड़ थी कोर्ट में।

कई महीने हो गये थे मुकदमे की सुनवायी होते। कौतूहल इतना बढ़ गया था कि लोगों से अब रहा नहीं जा रहा था। एक ओर मन निष्कर्ष पर पहुँचने की उतावली में था तो दूसरी ओर मुकदमा लम्बा चलने की कामना भी कर रहा था ताकि जीवन में उत्सुकता बनी रहे।

—देखिये, अच्छी तरह देखकर बताइये कि क्या यह आपको अपराधी नहीं लगता?

अपलक देख रही थीं मेम साहब फ्रेडी को। फ्रेडी ने भी आण्टी की ओर देखा। दोनों की आँखें मिलीं। फिर दृष्टि एकाकार, एकात्म हो गयी। मौन वार्त्तालाप होने लगा—तुम्हें क्या उन दिनों की बातें याद नहीं आतीं। वह रातें याद नहीं आतीं। तुम्हारी और मेरी दोनों की ही तो भूल थी। लेकिन उस गलती का प्रायश्चित्त क्या आज इस प्रकार करना पड़ेगा। तुम खून के मुलजिम बन गये और मैंने अपना लड़का खो दिया। नुकसान जो भी हो वह तो हमें भरना ही होगा। उसके लिए मनुष्य का विधान तो जो है सो है ही पर आगे शायद ईश्वर का विधान भी हो। एक प्रत्यक्ष है दूसरा अप्रत्यक्ष, बस यही अन्तर है। जो दिखायी नहीं देता उसके अस्तित्व के सम्बन्ध में सन्देह हो सकता है। पर यह कोर्ट। इससे अधिक कटु सत्य और क्या हो सकता है संसार में? यहाँ भी क्या हम अपराधी सिद्ध होंगे? जानती हूँ समाज हमें ग्रहण नहीं करेगा। पर यह समाज भी तो हमारे-जैसे मनुष्यों से ही बना है। मनुष्य के समाज ने ही यह कोर्ट बनाया है, यह पुलिस, जज, वकील, मुंशी, एटर्नी बनाये हैं। पर किसके स्वार्थ के लिए? न्याय या अन्याय के लिए? और न्याय-अन्याय का विचार क्या चिरकाल तक एक ही मानदण्ड से होगा? समाज बदल रहा है पर न्याय-अन्याय का मानदण्ड शायद नहीं बदलेगा? जाने कब न्याय की प्रतिष्ठा हुई थी, क्रिमिनल कोड

की धाराएँ निर्धारित हुई थीं पाँच कानून-विशेषज्ञों के परामर्श से। उसके बाद समाज छलाँगे मारकर कितना आगे चला गया, संयुक्त परिवार टूट गये, पर कानून जहाँ-का-तहाँ खड़ा रहा। अडिग, अचल।

आगे और जिरह करने जा रहा था वकील।

अचानक जज ने हुक्म दिया। आज अब कोर्ट की कार्रवाई बन्द होती है—

और उस दिन मामला वहीं स्थगित हो गया।

संसार में संकट आता है और चला भी जाता है। लेकिन डी'सा परिवार पर एक दिन जो संकट आया था वह जैसे टलना ही नहीं चाह रहा था। जब तक संकट रहता है सबको ऐसा ही लगता है पर जब वह खत्म हो जाता है तो वह एक दिलचस्प कहानी बन जाता है।

तब जो भी मिलता है उसे ही अपनी विपत्ति की कहानी सुनाने को जी करने लगता है हम सबका। परन्तु डी'सा परिवार इसका अपवाद था।

जब मुकदमा खत्म हो गया तो कई साल बाद तक इस मामले को लेकर किसी को हँसते नहीं देखा। चक्रधरपुर के सारे लोग जैसे इस आघात से विमूढ़-से हो गये थे। वही कण्ट्रोल ऑफिस था, जहाँ जूली फर्नाण्डिस टेलीफोन से रेलों को कण्ट्रोल करता, बूढ़ा यार्ड फोरमैन यार्ड ऑफिस में बैठा शण्टिंग का सूत्र-संचालन करता और घर आकर शराब पीता।

और तारक बाबू, नरसिंह बाबू? वे लोग भी अपनी-अपनी रिटायर्ड लाइफ की यन्त्रणा का बोझा सिर पर उठाये सड़क पर घूमते और हाँफते।

कहते—मेम साहब बड़ी अच्छी औरत थीं।

जब तक मुकदमा चलता रहा यह बात किसी के मुँह से नहीं सुनी थी। कभी सभी ने उसके चरित्र की आलोचना की थी, गाली तक दी थी उन्हें। फ्रेडी के प्रति सहानुभूति दिखायी थी और नैन्सी को सान्त्वना दी थी।

पर मुकदमे के बाद तो बात बिल्कुल ही उलटी हो गयी थी। सारी आलोचना नैन्सी और फ्रेडी को केन्द्रित करके होने लगी थी। कोर्ट की दृष्टि में कुछ भी हो, मनुष्य की दृष्टि में फ्रेडी, नैन्सी और मेम साहब सभी

के मूल्य रातोंरात बदल गये थे। रातोंरात मेम साहब देवी के रूप में परिणत हो गयी थीं।

रेनी के साथ साक्षात् हुआ कई बार। वह जैसे पत्थर हो गयी थी! घर से बाहर ही नहीं निकलती थी। आवाज तक सुनायी नहीं देती थी उसकी। ऐसा लगता था जैसे घर में रहनेवाले घर छोड़कर चले गये हों।

मैं एक दिन रेनी के पास गया था। पूछा था—कैसी हो?

उसका चेहरा बिल्कुल सूख गया था। मेरी ओर देखकर अभ्यर्थना करने की कोशिश की पर लगा जैसे हँसी रुदन में परिवर्तित हो गयी हो।

बोली—ठीक हूँ।

मैंने कहा—अगर तुम्हें कभी किसी चीज की ज़रूरत हो तो मुझसे कह देना, संकोच मत करना···

रेनी बोली—मैं अब यहाँ नहीं रहूँगी···

—कहाँ जाओगी?

—अभी कुछ तय नहीं किया है।

पूछा—तुम्हारा कोई सगा-सम्बन्धी कहीं है?

रेनी ने कहा—शायद हो, पर मैं किसी को नहीं जानती।

मैंने कहा—यहाँ से चले जाना ही शायद तुम्हारे लिये अच्छा है।

—मैं भी यही सोचती हूँ।

—उस दिन मिस्टर जेन्किन्स आये थे?

—हाँ।

—क्या कह रहे थे?

—कुछ नहीं।

—तुम्हें तो चाहने पर रेलवे में नौकरी भी मिल सकती है। मिस्टर जेन्किन्स इस सम्बन्ध में तुम्हारी मदद भी काफी कर सकते हैं—

—मैं क्या काम कर सकती हूँ?

—कोई भी। टीचर की अथवा नर्सिंग की—

कुछ देर सोचती रही रेनी। फिर बोली—पर यहाँ रहकर मेरा जीना मुश्किल है—यहाँ की हवा मेरे लिये विषाक्त हो चुकी है अंकल! आई फील ए सॉर्ट ऑव सफोकेशन!

यह सच था। जहाँ डी'सा फेमिली एक दिन सम्मानपूर्वक गर्व से सिर ऊँचा करके रहती थी, वहाँ वह कैसे रह सकती थी? और फिर वहाँ के ऐंग्लो-इण्डियन लड़कों के साथ घुल-मिल भी नहीं सकती थी वह।

मुझे याद है इसके कुछ दिन बाद ही रेनी चक्रधरपुर छोड़कर चली गयी थी।

जाने से पहले मुझसे मिलकर गयी थी। जाने के दिन तक मुझे पता नहीं था कि वह जा रही है। चक्रधरपुर में किसी को भी पता नहीं था। अचानक फैसला कर लिया था उसने। शायद किसी को भी नहीं बताया था अथवा किसी को भी बताना नहीं चाहा था। और बताने को था भी कौन जिसे बताती?

मैंने पूछा था--कहाँ जाओगी?

रेनी बोली--देहरादून!

देहरादून! नाम सुनकर थोड़ा आश्चर्य हुआ था। वहाँ कौन था उसका। तो क्या वहाँ कॉलेज में भर्ती होने जा रही है। वहीं लिखाई-पढ़ाई करेगी।

चलो अच्छा ही हुआ। अनजान जगह उसका अतीत तो नहीं जान पायेगा कोई। रात की ट्रेन थी। रात के ग्यारह बजे नागपुर पैसेंजर छूटती थी। जान-बूझकर वही ट्रेन छाँटी थी उसने। दिन के समय लोगों को पता जो चल जाता। झूठमूठ की जवाबदेही करनी पड़ती सबसे।

अकेले ही ट्रेन पर चढ़ा आया था मैं उसे।

उसके कुछ दिन बाद ट्रक में भरकर उसका सामान भी कहाँ चला गया मैं नहीं जान सका। मकान खाली हो गया। मकान मालिक ने घर के सामने 'टु लैट' की तख्ती टाँग दी।

आज इतने दिन बाद यह घटना याद आयी है तो बार-बार वह अन्तिम दृश्य आँखों के सामने आ जाता है। कहाँ गयीं मेम साहब, कहाँ गया वह फ्रेडी और कहाँ गयी रेनी!

बहुत दिन बाद हरिद्वार से मसूरी जाते समय एक कान्वेण्ट में अचानक रेनी मिल गयी थी।

रेनी की बात तब तक दिमाग से बिल्कुल ही उतर गयी थी। और फिर रोजमर्रा के सांसारिक झंझटों में याद रहने जैसी कोई बात भी नहीं थी।

चलते-चलते एक जगह बस खराब हो गयी थी। पहाड़ी रास्ता था। शाम भी हो गयी थी। आस-पास कहीं कोई बस्ती नहीं थी जहाँ यात्री आश्रय ले सकते। बस में छोटे बच्चे भी थे दो-चार। और उधर बस के जल्दी से ठीक हो जाने की आशा भी नहीं थी।

पीछे से अगर कोई बस आयी तो उसी से सब चले जायेंगे यही उम्मीद थी सबको। पर तब क्या पता था कि रात वहीं गुजारनी पड़ेगी। बस नहीं आयी रात को वहाँ रहने की बात सुनकर सबके दिल जोर-जोर से धड़कने लगे थे।

अन्त में ड्राइवर ने ही इन्तजाम किया। पास में ही शायद एक कान्वेण्ट था जिसका पता उसने हमें दिया। उसी कान्वेण्ट में रात गुजारने के लिए जगह मिल गयी थी सबको।

वहीं अचानक रेनी मिल गयी थी।

मेरी तरह ही रेनी भी मुझे देखकर चौंक गयी थी।

मैंने ही पूछा था—तुम रेनी हो न?

ऊपर से नीचे तक सफेद वस्त्र। सिर पर सफेद स्कार्फ। सफेद गाउन पर काला ऐप्रन। सारे शरीर में केवल मुँह खुला था। आबहवा अच्छी होने के कारण स्वास्थ्य भी अच्छा हो गया था। थोड़ी मोटी-सी हो गयी थी। पर देखते ही पता लग जाता था कि उम्र कम है।

मैंने फिर पूछा—रेनी ही हो न? रेनी डी'सा?

मेरी ओर अच्छी तरह देखा था उसने एक बार फिर चौंक उठी थी। केवल क्षणभर के लिए। फिर तुरन्त स्वाभाविक हो गयी थी।

हाथ में दूध का बर्तन था। छोटे बच्चों के लिए कान्वेण्ट के फादर ने दूध की व्यवस्था कर दी थी।

—हाउ डू यू डू?

एक दिन जो रेनी मुझे देखते ही अंकल कहकर आवाज देती थी, बगीचे में बैठकर प्यार से प्याले में मेरे लिये चाय बना देती थी वही रेनी इधर कुछ वर्षों में बहुत गम्भीर हो गयी थी।

ऐसा लगा जैसे वह मुझसे बचकर निकलना चाह रही हो। इस तरह अप्रत्याशित रूप से मेरे साथ साक्षात् हो जाने पर उसका मन विश्वास नहीं

कर पा रहा था। अब मेरे लिये करने को बचा भी क्या था। जिस लड़की ने चरम संकट के आने पर जीवन को पूर्णतया पहचान लिया था, उसके लिए 'नन' बनने के अलावा दूसरी गति ही क्या थी। बाप नहीं, माँ नहीं, भाई नहीं। ऐसी लड़की मनुष्य पर कैसे विश्वास कर सकती है? कैसे दूसरी लड़कियों की तरह गृहस्थी बसा सकती है अपनी?

रेनी शायद मुझसे मिलना ही नहीं चाहती थी। अतएव मैं ही उसकी खोज करने लगा।

कान्वेण्ट के आउट हाउस में काफी भीड़ थी। हर व्यक्ति जहाँ जिसे जगह मिली पैर फैलाकर सोने की कोशिश कर रहा था। मैं भी एक तरफ लेटकर भावनाओं की गठरी की गाँठें खोलने लगा। जितनी भावनाएँ थीं, उतनी ही बड़ी गठरी, उतनी ही गाँठें। बड़ी कस गयी थीं वे गाँठें।

गाँठें खोलते-खोलते अचानक चक्रधरपुर जा पहुँचा था। फिर वही चार्ली की हत्या का केस। आज इतने दिन बाद रेनी के इस आत्मोत्सर्ग के माध्यम से उस दिन मेम साहब के आत्मोत्सर्ग का कारण जैसे कुछ स्पष्ट हो उठा।

रेनी की आँखों में क्या उस दिन की मिसेज डी'सा की यन्त्रणा ही नहीं झलक रही थी? यही याद करने की कोशिश करने लगा मैं।

कहाँ कितनी दूर था वह चक्रधरपुर। रेनी के चक्रधरपुर छोड़ने के बाद मुझे भी वहाँ से चला आना पड़ा था। मुझे पता भी नहीं लग सका था कि बाद को वहाँ के हाल-चाल क्या रहे।

पर मुकदमे के अन्तिम कुछ दिन आज भी अच्छी तरह याद हैं मुझे। रेनी को भी जरूर याद होंगे।

याद है—रेनी ने मुझसे आकर पूछा था—क्या होगा अंकल?

क्यों, किसका क्या होगा?

—मम्मी बहुत नर्वस हो गयी हैं।

मेम साहब की जो मानसिक अवस्था थी उसमें नर्वस हो जाना कोई विचित्र बात नहीं थी। एक तो चार्ली की मृत्यु ने ही उन्हें निर्जीव-सा बना दिया था और फिर कोर्ट की गवाही।

—मम्मी न तो खाती हैं, न सोती हैं, न बात ही करती हैं, बस तकिये में मुँह छुपाये पड़ी हैं! कब तक चलेगा ऐसे? रोज ही केस एडजॉर्न हो जाता है—

केस की सुनवायी काफी लम्बी हो गयी थी। रोज तारीख पड़ जाती और मेम साहब लौटकर कटे वृक्ष की तरह बिस्तर पर गिर पड़तीं।

अब जैसे किसी से भी बर्दाश्त नहीं हो रहा था। रेनी भी दिन-पर-दिन टूटती जा रही थी अन्दर-ही-अन्दर।

मैं जाकर सान्त्वना देने की कोशिश करता।

कहता—इतनी निराश क्यों हो गयी हैं। अपने स्वास्थ्य का भी तो ख्याल करिये कुछ—

कोई जवाब नहीं देतीं मेम साहब।

मैं फिर कहता—रेनी के बारे में भी सोचिये, देखिये न कैसी हो गयी है वह। इतने दिनों में कितनी दुबली हो गयी है—

तब भी कोई उत्तर नहीं देतीं।

अन्त में जिद करके मैं कुछ खिला देता। दूध-डबल रोटी मुँह में डाल देता। खाना नहीं चाहतीं वह किस तरह निगल लेतीं बाध्य होकर।

कभी-कभी पहले की तरह तीनों जनें बगीचे में बैठते चाय पीने। पर पार्टी जमती नहीं थी। जरा देर बाद ही मेम साहब की आँखों से झर-झर आँसू गिरने लगते और फिर वे बैठ नहीं पाती थीं। धीरे-धीरे अन्दर चली जातीं।

मैं और रेनी परस्पर एक-दूसरे की ओर देखते और कोई उपाय न देखकर हम लोग भी उठ जाते।

उस दिन फिर मेम साहब को गवाही देने जाना पड़ा। कोर्ट में तिल रखने की जगह नहीं थी।

उस दिन भी यथारीति ईश्वर का नाम लेकर झूठ न बोलने की कसम खायी उन्होंने। उस दिन भी सब लोग मेम साहब का इजहार सुनने के लिए उत्सुकता से प्रतीक्षारत थे। एक-से-एक तीखे प्रश्न बाण छोड़ता रहा सरकारी वकील और मेम साहब शिथिल होती गयीं। बोलने की शक्ति भी नहीं रही थी जैसे।

—बोलिये, बोलिये, बोलतीं क्यों नहीं? बात का जवाब दीजिये? —सरकारी वकील चिल्लाकर पूछ रहा था।

मेरे पास ही रेनी बैठी थी। माँ की हालत देखकर उसका मुँह भय से पीला पड़ गया। बोली—मम्मी गिर जायेंगी शायद…

मैंने उनकी ओर दृष्टि उठायी। लगा सचमुच वह बेहोश होकर गिर पड़ेगी। थर-थर काँप रही थीं वह। जैसे कहीं कोई न था। गिर जाने पर सँभालनेवाला कोई नहीं था। इन कुछ दिनों में ही उनके बाल सफेद हो गये थे। मुँह पर झुर्रियाँ पड़ गयी थीं। आँखों के नीचे गड्ढे पड़ गये थे, हाथों की नसें फूल गयी थीं।

—बोलिये--बोलिये, बोलती क्यों नहीं? जवाब दीजिये? प्रॉसिक्यूटर फिर दहाड़ा था।

और इसके साथ ही कोर्ट में शोर मच गया था। मेम साहब धड़ाम से कटघरे के जँगले पर ही गिरकर बेहोश हो गयी थीं।

कान्वेण्ट में रात बढ़ती जा रही थी। ठण्ड भी बढ़ती जा रही थी। अब तो अगले दिन सुबह से पहले मसूरी पहुँचने की कोई उम्मीद थी नहीं। एक कोने में पड़ा मैं आकाश-पाताल की सोच रहा था। उस दिन का वह चक्रधरपुर का कोर्ट और आज का यह कान्वेण्ट। प्राय: एक हजार मील की दूरी पर पुल बनाना कोई अन्याय तो नहीं। उस दिन की मेम साहब की उस आत्माहुति में क्या रेनी के भविष्य जीवन का एक अद्‌भुत इंगित नहीं छुपा था? अगर नहीं छुपा होता तो रेनी क्यों इस प्रकार इस दुर्गम कान्वेण्ट के दुष्कर कृच्छ्र साधन में परिणाम खोजने आयी थी?

मन में आया कि उसका उत्तर ढूँढ़ने के लिए यहाँ से जाने से पहले एक बार रेनी से मिलना जरूरी है।

पर मुझे पहचान लेने के बाद भी क्या वह स्वेच्छा से मुझसे मिलना चाहेगी?

तब भी मिलने की इच्छा से आउट हाउस के दरवाजे से निकलकर बाहर कोर्ट यार्ड में आकर खड़ा हो गया। बहुत बड़ा कोर्ट यार्ड था। जरा दूर पर ही गिरजे का शिखर दिखायी दिया। आकाश पर हल्के कुहासे की पर्त छायी हुई थी।

किधर जाऊँ समझ नहीं पाया। रेनी के बारे में पूछ सकूँ ऐसा कोई आदमी भी नहीं मिला। बहुत बड़ी इमारत थी कान्वेण्ट की! जाने कब किस संस्था ने लाखों रुपये खर्च करके क्रिश्चियनों की मुक्ति के लिए बनवायी थी और तब से न जाने कितने वर्ष बीत गये थे। नि:शब्द उनका कार्य चलता रहा था मनुष्य को चरम दुर्गति के हाथ से बचाने के लिए इस

जंगल में यह लोग जेरूशलम के मुक्तिदाता को साकार कर रहे हैं। आज जो इस संकट के समय उस विषय में हमें आश्रय मिला है यह भी तो उसी मुक्तिदाता की अपार करुणा है।

और हमें ही क्या! इस रेनी की ही बात ले ली जाये।

इसे अगर यहाँ आश्रय नहीं मिलता तो यह कहाँ जाती? किस अँधेरी अतलगुहा में उसे आत्मगोपन करना पड़ता कौन जाने!

जरा-सा आगे बढ़ते ही ऐसा लगा कि कोई मेरी तरफ आ रहा है।

क्या कहूँ कुछ समझ नहीं पाया।

उधर से प्रश्न आया—कौन?

डरते-डरते मैंने कहा—मैं—

किसी पुरुष की आवाज प्रतीत हुई। पर पोशाक वही थी। लम्बा पाँव तक का सफेद गाउन और ऊपर काला ऐप्रन।

मेरी ओर बढ़ने लगी वह मूर्ति।

सामने आकर मेरी ओर देखा। कम उम्र का स्वस्थ पुरुष। चेहरा दाढ़ी-मूँछ से भरा था।

फिर पूछा—आप कौन हैं?

मैंने अपना परिचय देते हुए कहा मैंने दूसरे यात्रियों के साथ आउट हाउस में आश्रय लिया है।

ऐसा लगा जैसे हँसे पादरी साहब।

अँधेरे में ठीक से समझ नहीं पाया।

बोले—आप लोगों को कोई कष्ट तो नहीं हो रहा?

—नहीं, बहुत धन्यवाद मैंने कहा।

और कुछ न कहकर फादर अपने गन्तव्य स्थल की ओर चले ही थे कि जाने क्या सोचकर खड़े हो गये और बोले—आप लोगों के खाने-पीने का बन्दोबस्त हो गया है?

सविनय बोला—हाँ फादर, सब ठीक हो गया है। आपके यहाँ की एक नन सारी देख-भाल कर रही हैं—

—कौन? किसकी बात कर रहे हैं?

मैंने कहा—उनका नाम तो नहीं जानता, जो आकर बच्चों को दूध दे गयी थीं।

—ओ, वह!

—हाँ—मैंने कहा।

सोचा शायद दूध उन्होंने ही भेजा होगा। अतः पहचान गये थे।

सुनकर प्रसन्नमन जिधर जा रहे थे उसी ओर चलने लगे। मैंने पीछे से श्रद्धामय स्वर में पुकारा—सुनिये फादर, एक बात पूछूँगा आपसे—

—पूछिये—

कहकर खड़े हो गये वह।

उस अन्धकारपूर्ण निर्जन रात में कान्वेण्ट के मैदान में फादर के सामने किस तरह बात रखूँ यही सोचने लगा। कहना ठीक होगा या नहीं समझ नहीं पाया।

—कहिये क्या कह रहे थे?

—अच्छा, जो हम लोगों को दूध देने आयी थीं, वह कौन हैं?

फादर एकदम से गम्भीर हो गये मेरी बात सुनकर। अँधेरे में ठीक से दिखायी नहीं दिया। और फिर घनी दाढ़ी-मूँछ होने के कारण वैसे भी चेहरे के भाव दिखायी नहीं देते थे।

—बता सकते हैं, वह कौन हैं?

तब तक फादर ने स्वयं को सँभाल लिया था।

बोले—क्यों? उनके बारे में क्यों पूछ रहे हैं? वह एक नन हैं यहाँ की—

—और कोई भी परिचय नहीं उनका?

—हो भी तो उसे प्रकट करने का नियम नहीं है हमारे यहाँ।

—ओ—

इसके बाद क्या कहना चाहिए समझ न पाकर चुप खड़ा रहा।

अचानक फादर ने पूछा—क्यों पूछा यह आपने? आप क्या पहचानते हैं उन्हें?

मैंने कहा—चेहरा पहचाना हुआ-सा लगा था, इसीलिए पूछा—

—पहचाना हुआ कैसे लगा?

—बहुत साल पहले बिहार के चक्रधरपुर में था मैं, वहाँ रेनी डी'सा नाम की एक लड़की थी। मुझे ऐसा लगा यह वही थी—

—रेनी डी'सा?

—हाँ, उसके पिता रेलवे में ड्राइवर थे, उसका एक भाई था चार्ल्स डी'सा, उसकी माँ को भी जानता था। एक मुकदमा हुआ था उनका तब मैं भी वहीं था, चाईबासा कोर्ट में केस चला था···

किसी तरह मेरी बातें जबर्दस्ती सुन रहे थे फादर। फिर बात बीच में ही काटकर बोले—नहीं, नहीं, यह वह नहीं है, यह दूसरी लड़की है—

फिर चलते-चलते बोले—गुड नाइट—

जल्दी-जल्दी पाँव बढ़ाकर एक तरफ चले गये फादर। और मैं वहीं खड़ा-खड़ा सोचता रहा। हो सकता है मेरी ही भूल हो, मेरी ही आँखों को धोखा हुआ हो, अथवा मन ने ही गलती की हो। असम्भव नहीं है यह।

फिर आउट हाउस के कोने में अपनी जगह आकर लेट गया। नींद नहीं आ रही थी। ठण्ड कोई बहुत अधिक नहीं थी तब भी कम्बल लपेट लिया था बदन पर अच्छी तरह।

आस-पास के लोग खर्राटे लेने लगे थे, सभी थके हुए थे। रात को कमर सीधी करने की जगह मिलते ही निश्चिन्त होकर सो गये थे। जब सुबह होगी तो फिर भगवान् का नाम लेकर कल की सोचेंगे। अभी कल की सोचकर रात की नींद क्यों खराब की जाये।

पर मेरी बात अलग थी। निश्चिन्तता के बीच भी मैं पूरी तरह निश्चिन्त नहीं हो पाता। हर परिस्थिति में उससे युक्त होकर भी पूर्ण मुक्त रहना मेरा स्वभाव नहीं है। मेरी आँखें विनिद्र थीं। पलभर में आनन्द के आवेग से उड़ जाता तो दूसरे पल विषाद के पाताल में जा पहुँचता। स्वयं को लेकर स्वयं ही मैं बार-बार विपत्ति में पड़ जाता हूँ। इसीलिए मैं सबसे भिन्न हूँ, दूसरे लोगों के साथ मेरा मन मेल नहीं खाता इसीलिए इतना विरोध रहता है।

कम लोग नहीं मिले हैं जीवन में। जीवन छोटा भी तो नहीं होता। इतना पथ पार करके आज जहाँ आकर पहुँचा हूँ वहाँ आकर देखता हूँ कि जो सोचकर अब तक चलता रहा हूँ वह सोचना गलत था। जिस हिसाब से चला था वह हिसाब ही गलत था। दो हाथ भरकर जो कुछ पाया है वह सही नहीं पाया।

पर यह बात व्यर्थ है। कहानी के पक्ष में यह अवान्तर है।

उस दिन उस अँधेरे कमरे में लेटा यही बात सोच रहा था। सोच रहा था यह कैसे हुआ अथवा यह कैसे हो सकता है।

पर तब भी उस दिन अघटनीय घटित हो गया था। वही चाईबासा कोर्ट की बात कर रहा हूँ। मेम साहब फिर से ठीक हो गयी थीं। स्वास्थ्य अभी यद्यपि दुर्बल था। पर कोर्ट का कानून तो कानून था। उसी हालत में आकर खड़ी हो गयी थीं कोर्ट का परवाना मिलते ही। मेम साहब की ऐसी-तैसी किये बिना जैसे भारतीय दण्ड विधान के परलोकगत सृष्टिकर्त्ता का अपमान हो जाता।

हो ऐसी-तैसी, मेम साहब को भी उसमें आपत्ति नहीं थी। उसी हालत में सिर उठाये खड़ी हो गयीं।

—बोलिये, क्या बोलना है?

—आप जब बाहर खड़ी थीं, बाहर खड़े-खड़े अपने लड़के की आवाज आपने सुनी और जब सुना कि आपका लड़का नैन्सी को गाली दे रहा है तो आपको गुस्सा तो अवश्य आया होगा?

—हाँ, आया था।

—किसके ऊपर गुस्सा आया था। अपने लड़के पर या नैन्सी पर?

—अपने लड़के पर ही गुस्सा आया था।

—क्यों? अपने लड़के पर क्यों गुस्सा आया था?

—क्योंकि मेरा लड़का नैन्सी को गाली दे रहा था। ही वाज एब्यूजिंग ए ऊमन! फॉर नथिंग।

—फॉर नथिंग क्यों? कोई कारण नहीं था क्या?

—मैंने महसूस किया कि नैन्सी ने अगर सड़क पर गाली दी भी थी तो वह सड़क की बात थी। उसको लेकर नैन्सी के घर में घुसकर उससे गाली-गलौज करने का अधिकार किसी को नहीं था।

लोगों को जाने कैसी टेढ़ी-मेढ़ी लगीं उनकी बातें।

इतने महीनों से केस चल रहा था। पर ऐसी बात तो किसी ने नहीं कही थी। सभी के कान खड़े हो गये। सोचने लगे कि मेम साहब कहने क्या जा रही थीं। दिमाग खराब हो गया क्या उनका? वह तो अपने लड़के के खिलाफ ही गवाही दे रही थीं।

—तब आपने क्या किया?

—मैं और वहाँ चुप खड़ी नहीं रह सकी।

—क्या किया तब आपने?

—अन्दर चली गयी।

—क्या देखा अन्दर।

—देखा मेरे लड़के के हाथ में मेरा रिवॉल्वर था और वह नैन्सी पर गोली चलाने जा रहा था—

—तब?

अचानक मेम साहब के वकील ने बीच में बाधा देते हुए कहा—मी लॉर्ड, मेरा क्लायण्ट आज अस्वस्थ है, जिरह इस वक्त बन्द कर दी जाये—

फिर वकीलों का आपस में झगड़ा शुरू हो गया। कोर्ट का मामला मैं अच्छी तरह समझता भी नहीं। कहाँ से कानून की धाराएँ निकाल-निकालकर दोनों पक्षों के वकील आपस में बहस करने लगे। दर्शकों में भी एक उत्तेजना फैल गयी थी। शोरगुल शुरू हो गया।

काठ की मुगरी मेज पर पटककर जज साहब चिल्लाये—ऑर्डर-आर्डर—

पर जैसे बहुत दिनों का दबा हुआ कौतूहल उस दिन कानून की बाधा मानने को तैयार नहीं था। लोग चाह रहे थे कि जिरह चलती रहे। मुकदमा जब एक दिलचस्प मोड़ ले रहा था। उस समय जिरह रोक देने को कोई तैयार नहीं था। जिरह चलती रहे बस—

परन्तु तब तक मेम साहब के वकील ने कानून की एक ऐसी धारा बतलाकर दरख्वास्त की कि जज भी उसे नामंजूर नहीं कर सकता था।

मुजरिम के कटघरे में उस समय भी प्रतिदिन की तरह फ्रेडी खड़ा था। जब भी तारीख पड़ती है पुलिस पहरे के अन्दर वैन में उसे ले आती थी और सुनवायी के बाद कड़े पहरे में वापस जेल ले जाती थी। धीरे-धीरे उनका चेहरा बदल गया था। वह सूख गया था। आँखों के नीचे कालिख छा गयी थी। रोज आता, ध्यान से बयान सुनता, जिरह सुनता। पर सुनते समय कोई अवान्तर नहीं होता था उस चेहरे पर। पत्थर की मूर्ति की तरह निर्वाक्-निष्कम्प खड़ा रहता था फ्रेडी जैसे काठ का पुलता हो।

इधर कुछ महीनों में फ्रेडी जैसे बुड्ढा हो गया था। गले की हड्डियाँ दिखायी देने लगी थीं, रंग बदल गया था। ऐसा लगता था जैसे बोलना ही भूल गया था वह। बस चुपचाप बलि के बकरे-सा खड़ा शून्य दृष्टि से देखता रहता।

वकील की उस दरख्वास्त के बाद जज साहब ने हुक्म सुनाया—जुलाई की तीन तारीख तक के लिए केस स्थगित रहेगा।

इसके साथ ही इजलास छोड़कर वे अपने कमरे में चले गये।

मैं सीधा मेम साहब के पास गया। रेनी भी मेरे साथ जाकर माँ के पास खड़ी हो गयी।

रेनी बोली—यह तुम क्या कह रही थीं मम्मी? चार्ली के विरुद्ध कह रही थीं?

मेम साहब को जैसे होश ही नहीं था। दृष्टिहीन नेत्र, भाषाहीन मुख और निस्पन्द शरीर। जल्दी से उन्हें गाड़ी में बिठाकर मैं चक्रधरपुर चला आया। साथ में उनका वकील भी था।

वकील बोला—यह आप क्या कह रही थीं मिसेज डी'सा? आपकी एवीडेन्स तो आप ही के अगेन्स्ट जा रही थी। उससे तो मुलजिम बरी हो जायेगा कोर्ट से?

मेम साहब को जैसे कुछ भी याद नहीं था। क्या कहा था और क्या नहीं कुछ पता नहीं था।

बोलीं—मैने क्या कहा था?

—आपने क्यों कहा कि आपने देखा था चार्ली हाथ में रिवॉल्वर लिये नैन्सी को मारने जा रहा था?

—मैंने यह कहा था क्या?

—आपको याद नहीं है। आपने ही तो कहा था कि गलती चार्ली की थी। चार्ली ही नैन्सी को गाली दे रहा था। नैन्सी की गलती की बात तो एक बार भी आपने नहीं कही। कितनी बार कितना सिखाया-पढ़ाया आपको कि कहियेगा आपने फ्रेडी के हाथ में रिवॉल्वर देखा था। कहियेगा कि आप जाकर फ्रेडी के हाथ से रिवॉल्वर छीनने की कोशिश कर रही थीं कि गोली छूटकर चार्ली को जा लगी।

बुद्धू की तरह मेम साहब चुपचाप सुनती रहीं।

वकील ने कहना जारी रखा—मैं शुरू से ही केस को फ्रेडी के अगेन्स्ट कण्डक्ट करता आ रहा हूँ, और आपने आज सब गड़बड़ कर दिया?

—पर मैं क्या करूँ—क्षीण स्वर में दुर्बल प्रतिवाद करने की चेष्टा की थी मेम साहब ने।

वकील बोला—मेरा इतने दिनों का परिश्रम व्यर्थ हुआ जा रहा था, तकदीर अच्छी थी जो मैंने बीमारी की पिटीशन कर दी, नहीं तो फ्रेडी तो आपकी एवीडेन्स से ही छूट जाता। सेक्शन तीन सौ दो का चार्ज लगाया नहीं जा सकता था।

उससे क्या होगा? फ्रेडी छूट जायेगा?

—छूटेगा नहीं? आप उलटी-सीधी बात करेंगी तो छूट तो जायेगा ही।

रेनी बगल में ही बैठी थी। वह बोली—एडवोकेट जो कहते हैं उसी तरह उत्तर क्यों नहीं देतीं तुम?

मेम साहब बोलीं—मुझे कुछ भी तो याद नहीं रहता री—

—क्यों याद नहीं रहता? इतना याद कराया तुम्हें और तुम सब भूल गयीं? इस तरह की भूल करने से तो तुम खुद फँस जाओगी।

एडवोकेट ने भी हाँ में हाँ मिलायी—हाँ मिसेज डी'सा, मिस रेनी ठीक कह रही हैं आप अगर फिर भूल करेंगी तो अन्त में शायद आप मुजरिम बन जायेंगी इस केस में—

उस दिन गाड़ी में आते-आते और भी बहुत प्रकार से समझाया गया था मेम साहब को। सबने कहा था कि गवाही देते समय इस तरह की भूल करना उचित नहीं है। इससे उनका अपना ही नुकसान होगा। अगर कहीं स्वयं मुजरिम करार दे दी गयी तो और उलटी मुसीबत गले पड़ जायेगी।

परन्तु कहाँ गयीं वह मेम साहब, कहाँ गया वह चार्ली, वह फ्रेडी और वह नैन्सी। और आज इतने दिन बाद रेनी भी यहाँ आकर जीवन का अर्थ खोज पायी क्या। यह भी क्या विचित्र घटना है। और मैं ही क्यों इतनी जगहों के रहते यहीं आकर उलझा? कौन बतायेगा मुझे इसका अर्थ?

झपकी लग गयी थी शायद। अचानक किसी आवाज से आँख खुल गयी। आस-पास नजरें दौड़ायीं सब गहरी नींद में सो रहे थे। मेरी आँखों से ही न जाने क्यों नींद भाग गयी थी।

—अंकल?

हड़बड़ाकर उठ बैठा।

बड़ा ही नम्र स्वर था। साथ-साथ एक चेहरा आँखों के सामने तैर गया। लगा जैसे रेनी की आवाज थी।

पास की खिड़की खुली थी। उससे बाहर खड़ी अस्पष्ट मूर्ति अचानक बगल में सरक गयी।

दरवाजे से बाहर आकर देखा वह बिल्कुल चुप खड़ी थी। अनुमान से समझ गया कि भय से जड़ हो गयी है।

पूछा—कौन?

जरा पास जाते ही बोली—जीऽऽ, मैं रेनी—

—कौन रेनी! आवाज में भरपूर आश्चर्य था मेरी।

चक्रधरपुर की रेनी डी'सा।

हैरानी से बोला—मुझे तो शाम से ही सन्देह हो रहा था कि तुम यहाँ हो।

क्या बोले जैसे समझ नहीं पायी वह, बोली—हाँ अंकल मैं यहीं हूँ—

यह तो देख ही रहा हूँ, पर और जगह नहीं थी कि यहाँ आ गयीं।

रेनी बोली—यहाँ नहीं आती तो और कहाँ जाती?

बात सत्य ही नहीं, मर्मान्तक सत्य थी। यहाँ इस परम निश्चिन्तता में न आकर और कहाँ जाती वह। उसका और था ही कौन इस दुनिया में?

बोला—जब तुम दूध देने आयी थीं तभी मैं पहचान गया था तुम्हें। पर तुम तो देखकर भी अनदेखा कर गयी थीं।

रेनी बोली—अभी भी नहीं आती। कल सुबह तुम लोगों के चले जाने से पहले मिलने की काशिश नहीं करती।

—क्यों भला? मुझसे क्या कोई कुसूर हुआ है?

—नहीं तुमसे कोई कुसूर नहीं हुआ, पर फादर वाट्सन से तुमने क्या कहा था?

—फादर वाट्सन? ये फादर वाट्सन कौन हैं?

—यहाँ के फादर वाट्सन से तुमने मेरे बारे में कुछ नहीं कहा क्या?
—क्या फादर वाट्सन हैं कौन मैं तो पहचानता तक नहीं। हाँ तुम्हें ढूँढ़ने जा रहा था तो यहीं के एक पादरी मिले थे। उनका नाम तो जानता नहीं, क्या उन्हीं की बात कह रही हो?

—वही तो हैं फादर वाट्सन, हमारे इस मिशन के हेड। पर तुमने उनसे मेरे सम्बन्ध में क्यों कुछ कहा?

जरा अप्रस्तुत हो गया मैं। बोला—पर मुझे क्या पता था कि उससे तुम्हारा कोई नुकसान होगा। उन्होंने पूछा कि हमें किसी तरह की तकलीफ तो नहीं है। उसी सूत्र से मैंने बस यह पूछा था कि तुम्हारा नाम रेनी है क्या—

—पर क्यों बेकार को पूछने गये तुम?

—मुझे पता होता तो नहीं पूछता सच! क्यों, उन्होंने कुछ कहा है क्या तुम्हें इसके लिए?

इस बात का जवाब न देकर कुछ देर वह चुप खड़ी रही। फिर बोली—केवल फादर वाट्सन ही नहीं, मैं स्वयं नहीं चाहती कि कोई मुझे कुछ कहे।

—पर इसमें मेरा क्या अपराध है यह तो समझ ही नहीं पाया मैं। तुम्हारे सम्बन्ध में यहाँ कुछ पूछना भी क्या अपराध है?

—हाँ, अपराध है!

—लेकिन यहाँ के नियम-कानून तो मैं जानता नहीं था। अज्ञानतावश अगर कोई अपराध मुझसे हो गया हो तो आशा है तुम क्षमा कर दोगी मुझे।

—क्षमा करने की बात मत कहो अंकल! तुम क्या सोचते हो कि मैं उन दिनों की बातें भूल गयी हूँ? नन बन जाने से क्या मेरा अतीत धुल-पुँछ गया है। क्या कोई अब धो-पोंछ सकता है उसे?

मैं बोला—तुम जो इस तरह मेरे साथ बात कर रही हो, अगर फादर वाट्सन को पता चल जाये तो?

रेनी ने कहा—फादर वाट्सन अपने कमरे में सोने चले गये हैं, मैं देखकर आयी हूँ—

—वह जागते होते तो तुम नहीं आ पातीं?

—फादर वाट्सन को पता जो चल गया है कि तुम मुझे पहचानते हो।

बोला—तुम कहो तो कल सुबह जाने से पहले फादर वाट्सन से मिलकर तुम्हारे साथ अपने सम्बन्ध की बात बता दूँ। सब-कुछ जानने के बाद निश्चय ही वह तुमसे कुछ नहीं कहेंगे।

रेनी बोली—नहीं, कोई जरूरत नहीं है, उससे तो···जाने क्या कहने जा रही थी रेनी, रुक गयी।

मैं बोला—उससे तो क्या?

—उससे तो अच्छा होगा कि मैं ही यहाँ से चली जाऊँ।

जैसे मैं आकाश से गिरा। बोला—यह क्या? कह क्या रही हो तुम?

सिर नीचा किये रही कुछ क्षण वह। फिर बोली—तुम नहीं जानते अंकल, मेरी तकदीर में शायद सुख नहीं है। नहीं तो सब-कुछ छोड़कर यहाँ आ जाने पर भी शान्ति क्यों नहीं मिली—बाप गये, माँ गयी, चार्ली भी चला गया, उस पर भी मैंनें आत्महत्या नहीं की, जिन्दा रही, सोचा था संसार से दूर इस जंगल में शायद कुछ शान्ति मिलेगी···

बात करते-करते अचानक बीच में ही रुककर बोली—मैं चलती हूँ अंकल, गुड नाइट—

और वह मुड़कर एकाएक चल दी।

मैंने आवाज दी—रेनी-रेनी सुनो—

मेरी आवाज रात के सन्नाटे में गूँज गयी थी। सुनकर और भी डर गयी वह और जल्दी-जल्दी पाँव बढ़ाकर जाने कहाँ अदृश्य हो गयी।

मैं देखता ही रह गया।

दूसरी ओर से कोई व्यक्ति शायद इधर आ रहा था।

मेरी फटी-सी आवाज सुनकर पता लगाने आया था।

सामने आने पर देखा कान्वेण्ट का चौकीदार था। पहरा दे रहा था। आवाज सुनकर इधर चला आया था।

सामने आकर उससे पूछा—कौन? कौन हैं आप?

अपना परिचय दिया मैंने। वापस जा ही रहा था वह निश्चिन्त होकर कि मैंने उसे बुलाया।

पूछा—तुम कब से नौकरी कर रहे हो यहाँ?

—जी पचीस साल हो गये—उसने कहा।

—कहाँ के रहनेवाले हो?

—गढ़वाल का! मसूरी से भी आगे जाना पड़ता है।

दो-चार बातों के बाद ही समझ गया कि शरीर भले ही लम्बा-चौड़ा था उसका पर आदमी वह निरीह ही था। रास्ते में बस खराब हो जाने के कारण हमने यहाँ आश्रय लिया था, यह बात वह जानता था। कई बार इस

तरह लोगों को आपद्-विपद् के समय ऐसी जगह आश्रय लेना पड़ता है। नयी, अनजान जगह होने के कारण मुझे नींद नहीं आ रही थी समझ गया था वह। बारी-बारी से सबको ड्यूटी देनी पड़ती है यहाँ। बताया उसने।

अन्त में मैंने पूछा—तुम्हारे यहाँ का प्रमुख पादरी कौन है?

—बड़े पादरी साहब—उसने जवाब दिया।

—नाम क्या है उनका?

—पहले जो साहब थे उनका नाम तो ब्राउन साहब का। यह साहब अभी नये आये हैं—

—इनका नाम क्या है?

—वाट्सन साहब।

जैसे मैं जानता नहीं कुछ इस तरह पूछा मैंने—कैसे आदमी हैं तुम्हारे नये पादरी साहब?

बहुत अच्छे हैं हुजूर। दया के अवतार हैं।

हैरानी-सी हुई उसकी बात सुनकर। जरा देर पहले रेनी से जो कुछ सुना था उससे लगा था जैसे फादर वाट्सन की वजह से वह परेशान हो उठी थी और यह कह रहा था कि साहब दया के अवतार हैं। ऐसा कैसे हो सकता था? फादर वाट्सन की पहेली में उलझ गया मैं।

चौकीदार चला गया। बहुत काम था उसे। कुछ देर मैं वहीं खड़ा रहा। सोचा शायद रेनी फिर आये। पर काफी देर खड़े रहने पर भी जब वह नहीं आई तो फिर अपनी जगह आकर लेट गया। खिड़की के बाहर देखा आकाश का धुँधलापन मिट रहा था। सुबह होने में ज्यादा देर नहीं थी। सुबह होते ही यात्रा का आयोजन करना होगा। थोड़ी देर तो आराम कर लिया जाये सोचकर आँखें बन्द कर लीं मैंने।

कई कमरे थे आउट हाउस में। सब में लोग भरे हुए थे। जरा देर बाद ही कमरे के एक बूढ़ सज्जन उठ गये। मारवाड़ी थे। एक स्टील का ट्रंक था साथ में। उसे सिरहाने रखकर सारी रात खर्राटे लेकर सोये थे वह। उठते ही मेरी ओर देखकर बोले—सारी रात नहीं सो सका बाबूजी, आप लोग अच्छे हैं। सो भी लिये और उठकर तैयार भी हो गये—

मैं बोला—आप शायद सो नहीं पाये?

बिस्तर समेटते-समेटते वह सज्जन बोले—ऐसी जगह मुझे नींद नहीं आती बाबूजी। यह लोग नाश्ता-वाश्ता देंगे क्या?

थोड़ी-बहुत नींद की जो आशा की थी वह भी खत्म हो गयी। मैं उठ गया और बाहर निकलकर खड़ा हो गया।

पहाड़ों की चोटियों पर जरा-जरा-सा उजाला दिखायी दिया था। वैसे अँधेरा काफी था अभी। थोड़ी देर बाद ही कान्वेण्ट के लोग जाग जायेंगे। वह गढ़वाली भी शायद जाकर सो गया था।

बहुत बड़ा कान्वेण्ट था। कान्वेण्ट के बीच में चर्च था। चर्च का शिखर बहुत ऊँचा था। उसी के एक किनारे आउट हाउस था। चर्च के उत्तर-पूर्वी कोने पर फादर और नन्स के कमरे थे एक पंक्ति में। उत्तर में स्कूल और बोर्डिंग हाउस थे।

जाने से पहले एक बार रेनी से साक्षात् हो जाता तो अच्छा था। जाने क्यों मेरा मन उत्कण्ठित हो-हो उठता था।

लेकिन यह कैसे सम्भव था। उससे मिलना शायद अपराध था। मैं बाहरी आदमी जो था। घटनावश दैवात् यहाँ आ गया था एक रात के लिए। आश्रय देने के लिए इनका अनुगृहीत था, यहाँ के कायदे-कानूनों को मानना मेरा फर्ज था। इच्छा होते हुए भी यहाँ ज्यादा नहीं रह सकता था। सुबह होने पर यातायात शुरू होते ही यह आश्रय छोड़ देने को बाध्य था मैं। पर जाने से पहले क्या एक मिनट के लिए भी रेनी से नहीं मिला जा सकता? बस एक मिनट के लिए।

मिलती तो एक बार पूछता कि इतना निश्चिन्त आश्रय पाने के बाद भी क्यों वह यहाँ से चली जाना चाहती है। क्या असुविधा है उसे, किस पर उसका अभियोग है, कैसी आपत्ति है। शान्ति की खातिर ही तो वह चक्रधरपुर का समाज छोड़कर यहाँ आयी थी, फिर यहाँ भी क्यों अशान्त थी? लोगों से दूर यह निरापद एकान्त ही तो चाहा था उसने। यौवन की समस्त साधों, आह्लाद-कामना-आकांक्षाओं को तिलांजलि देकर यहाँ एकान्त के आवरण में ही तो आत्मगोपन करके अपने अस्तित्व को मिटाना चाहा था उसने। फिर यह यन्त्रणा क्यों थी, यह वैराग्य किसलिए था। जिस वैराग्य के पीछे इस तरह दौड़ी थी उसी को वह अब इस तरह क्यों छोड़ना चाह रही थी? यह शान्ति क्यों असह्य हो उठी थी उसके लिए? क्या जीवन से ही वितृष्ण थी वह?

मुझे फिर चाईबासा कोर्ट की सुनवायी का अन्तिम दिन याद आ गया था।

उस दिन भी मेम साहब गवाह के कटघरे में सीधी खड़ी थीं। एकवोकेट ने सब-कुछ अच्छी तरह समझा-बुझा दिया था उन्हें।

दवा-दारू के बाद कुछ ही दिनों में वह स्वस्थ हो गयी थीं। ध्यान देकर एडवोकेट की बात सुनी थी उन्होंने।

एडवोकेट ने कहा था कि आप जब घर के अन्दर घुसीं तो आपने देखा कि फ्रेडी के हाथ में रिवॉल्वर था और निशाना चार्ली की तरफ था—कह पायेंगी न?

—हाँ यही कहूँगी—मेम साहब ने कहा था।

—हाँ यही कहियेगा। इससे आपका केस स्ट्रांग हो जायेगा।

—उसके बाद क्या कहूँ—मेम साहब ने पूछा था।

—कहियेगा कि आप दौड़कर फ्रेडी के हाथ से रिवॉल्वर छीनने गयी पर उससे पहले ही गोली छूट गयी थी···याद रहेगा न?

—जी, याद रहेगा।

—भूल नहीं जाइयेगा।

—नहीं भूलूँगी।

लेकिन इतना सिखाना-पढ़ाना सब बेकार हो गया जब वह गवाहों के कटघरे में जाकर खड़ी हुईं।

रेनी भी हैरान हो गयी थी। मेरे पास ही बैठी थी वह।

बोली—अंकल, मम्मी यह क्या कह रही हैं?

मैं भी हैरान होकर सोच रहा था कि इतना सिखाने-पढ़ाने पर भी मिसेज डी'सा यह सब कह क्या रही हैं?

हमारे एडवोकेट ने भी कई पॉयेण्ट्स ऑफ् ऑर्डर उठाने की कोशिश की। अस्वस्थता की दुहाई देकर हियरिंग रोक देने की भी चेष्टा की; पर मिसेज डी'सा तो जैसे अचल-अटल थीं।

सरकारी वकील ने पूछा—आप क्या अस्वस्थ महसूस कर रही हैं?

मेम साहब बोलीं—नहीं, मैं पूर्णतया स्वस्थ हूँ। मैं इस वक्त सही दिमाग व ठीक मन से गवाही दे रही हूँ—

मेम साहब का एडवोकेट खड़ा होकर बोला—मी लार्ड मैं स्टैण्डिग काउन्सिलर की बात पर आपत्ति करता हूँ। मेरे क्लायेण्ट का दिमाग ठीक नहीं है—

फिर तर्क-वितर्क शुरू हो गया। दोनों पक्ष अपनी-अपनी जगह अड़े हुए थे। दोनों एक-दूसरे को कायल करने के लिए इण्डियन पेनल कोड की धाराओं के तीर पर तीर चलाने लगे। कौन किसको हराता है। कौन किसको धराशायी कर पाता है इसकी जैसे होड़ शुरू हो गयी थी दोनों वकीलों में। पर मुलजिम के कटघरे में जिस प्रकार फ्रेडी निर्विकार खड़ा था उसी प्रकार मेम साहब भी अपनी जगह निर्विकार खड़ी थीं। जैसे उन्हें दीन-दुनिया की कोई खबर ही न हो।

आज इतने दिन बाद उन दिनों की बातें सोचते-सोचते फिर एक बार भगवान् को प्रणाम किया और मन-ही-मन कहा और क्या-क्या दिखाने को बाकी है प्रभु? और कितना देखूँगा? और कितना लिखूँगा? मेरी भी तो अब उम्र हो गयी है, मेरे भी तो हाथों की क्षमता और नेत्रों की दृष्टि कम होती जा रही है। इस पृथ्वी पर अगर इतना वैचित्र्य, इतना वैशिष्ट्य था तो क्या मुझे मात्र दो हाथ, दो पाँव और दो नेत्र दिये? तुम सृष्टिकर्त्ता हो। स्वयं भी, तुम क्या नहीं जानते थे कि इतनी विचित्रता देखने के लिए मात्र दो हाथ, दो पाँव और दो नेत्र पूरे नहीं पड़ेंगे। और तुमने ही यदि यह सृष्टि रची है और तुम्हारे भी मेरी तरह मात्र दो हाथ हैं तो उन दोनों हाथों से तुमने कैसे यह विभिन्नरूपा सृष्टि बनायी? तुम्हारी असावधानी से कोई भी तो दो वस्तुएँ एक-जैसी नहीं बनीं—चाहे मनुष्य हो—चाहे पशु-पक्षी और चाहे फूल-पत्ती। तुम्हारे अकेले के द्वारा यह सम्भव कैसे हुआ? मेरे प्रभु!

हठात् ऐसा लगा जैसे रेनी आ रही हो मेरी ओर। मैदान के उस तरफ से सीधी चली आ रही थी। वही पोशाक, वही चाल।

सोचा अगर जाने से पहले मिलना हो गया तो पूछ लूँगा कि क्यों वह चक्रधरपुर छोड़कर यहाँ चली आयी थी और अगर आ ही गयी थी तो क्यों यहाँ से चली जाना चाहती थी?

मैं खुद उसकी ओर बढ़ चला।

उसके पास आते ही बोला—रेनी, तुमसे मिलने के लिए ही मैं यहाँ खड़ा था।

पर मेरी बात सुनकर उसके चेहरे पर हैरानी का भाव आया जैसे मुझे पहचाना ही न हो। मैं भी ताज्जुब में पड़ गया उसका व्यवहार देखकर।

बोली—हू आर यू? कौन हैं आप?

मैंने क्षमा माँगी। सोचा एक ही तरह की पोशाक देखकर मुझसे भूल हो गयी है शायद। महिला बिना और कुछ कहे दूसरी ओर चली गयी। मुझे बड़ी शर्म महसूस हुई। अनुग्रह करके जिसने आश्रय दिया हो उसी के घरेलू मामले में दखलन्दाजी करना उचित नहीं था। पर इन लोगों को कैसे समझाऊँ कि रेनी से बिना मिले मेरा जाना नहीं होगा। और मिलने का कोई जरिया भी नहीं दिखायी दे रहा था।

टन-टन करके पाँच के घण्टे बजे। सुबह हो गयी थी।

—अरे महाशय, आप यहाँ? हम लोग तो सब तैयार भी हो गये।

देखा वही मारवाड़ी सज्जन थे। सारी रात बेखबर सोते रहे और अब उठकर हो-हल्ला मचा रहे थे।

—बस आ गयी है क्या?

—आप हैं कहाँ? हम लोगों ने तो चाय भी पी ली और आप यहाँ खड़े-खड़े हवा खा रहे हैं।

कहते-कहते वे आउट हाउस की तरफ चले गये। मैं भी पीछे-पीछे चल दिया।

जाकर देखा, सब तैयार थे। औरतें, बच्चे, मर्द मिलकर पचास जने थे करीब। पोटले-पोटली समेटे दूर-दूर से आ रहे थे सब लोग। उद्देश्य एक ही था—पर्वत दर्शन और ठण्ड का उपभोग। कल रात जो बस खराब हो गयी थी उसी को ठीक करके ले आया था ड्राइवर। कहाँ देहरादून, फिर राजपुर। राजपुर और मसूरी के बीच में था यह कान्वेण्ट।

और सब लोगों के साथ मुझे भी तैयार हो ही जाना था। पर मन यहाँ से जाने को नहीं कर रहा था। जी चाह रहा था और कुछ देर हो जाये तो अच्छा है। शायद रेनी से साक्षात् हो जाये।

मारवाड़ी सज्जन मुझे तैयारी न करते देखकर बोले—क्या हुआ, जायेंगे नहीं क्या?

देखा वह सज्जन इस अवस्था में भी स्नान करके ताजा हो लिये थे। और वही क्यों करीब-करीब सभी लोग तो तरो-ताजा थे।

अन्त में मन सच ही विद्रोह कर उठा। पहाड़ देखकर ही कौन-सा गड़ा धन हाथ लग जायेगा और ठण्ड तो यहाँ भी कम नहीं थी? मनुष्य को ही नहीं जाना तो क्या देखा-जाना संसार में? मनुष्य को निकाल देने पर दुनिया में बचता ही क्या है?

मन हुआ एक दिन और वहीं रह जाऊँ तो शायद शंका का समाधान हो जाये।

कमरे में लौट आया। बक्स-बिस्तर वैसे ही पड़ा रहा। पड़ा रहे'

बाहर का शोरगुल कानों में आने लगा। सभी जाने के लिए तैयार थे। संसार में बीच रास्ते में कोई नहीं अटकना चाहता। सबको आगे बढ़ने की जल्दी पड़ी रहती है, पीछे कोई नहीं रहना चाहता। जाने दो सबको आगे। मैं पीछे ही भला। पीछे रहने का लाभ उन्हें नहीं मालूम हो, पर मुझे तो मालूम है। मैं पीछे ही रहूँगा।

उस दिन तय कर लिया था कि मैं एक दिन और ठहरूँगा वहाँ। पर हुआ नहीं। उसके पहले ही रेनी से मुलाकात हो गयी।

इस तरह वह खुद मुझसे मिलने आयेगी यह नहीं सोचा था मैंने। मैं उससे पुनः मिलने का उपाय सोचने में व्यस्त था।

सोचा था फादर वाट्सन से मिलकर सब खोलकर कह दूँगा।

कहूँगा—मैं रेनी को पहचानता हूँ, मैं उसका शुभाकांक्षी हूँ।

शायद यह सब बातें कहने का अधिकार मुझे नहीं था। हो सकता है मेरी बात सुनकर फादर पूछें—तुम कौन हो? क्या मिशन के काम में बाधा दे रहे हो?

इसका उत्तर भी सोच लिया था मैंने। पूछने पर कहता—मैं जानता हूँ उससे मेरा कोई रिश्ता नहीं है, पर क्या रक्त का सम्बन्ध ही सब-कुछ है? आदमी कुछ नहीं?

—पर तुम तो हमारे मिशन के कोई नहीं हो?

उस पर मैं कहता—मिशन क्या केवल तुम्हारे धर्म के लोगों के लिए है। जो क्रिश्चियन नहीं होता क्या तुम उसका उद्धार नहीं करते। विधर्मी को क्या अपने धर्म में नहीं लेते तुम लोग? फिर क्यों इतने विधर्मी निराश्रितों को आश्रय दिया था? तुम्हारी कोई जिम्मेदारी तो थी नहीं?

फादर शायद कहते—संकट के समय तुम्हें आश्रय दिया। अब संकट खत्म हो गया है। चले जाओ—

मैं कहता—मेरा संकट तो अभी भी खत्म नहीं हुआ—

—रेनी के कारण क्या संकट आ पड़ा—पूछते वे।

मैं जवाब देता—रेनी के संकट को मैं अपना संकट समझता हूँ—आइ विल स्टैण्ड बाई हर इन एनी थिंग दैट कम्स टु पास!

—यह क्या कह रहे हो तुम?

हाँ, फादर को क्या मालूम कि रेनी की माँ मिसेज डी'सा के उन दिनों के संकट को मैंने ही अपना संकट समझा था। उस दिन कोर्ट में जो कुछ घटित हुआ था, उसके बाद रेनी बेहोश होकर गिर पड़ी थी वह मेरे अलावा और किसे याद होगा?

चक्रधरपुर के वह तारक बाबू, नरसिंह बाबू अभी भी जीवित हैं कि नहीं मुझे नहीं मालूम। जीवित होंगे भी तो बहुत बुड्ढे हो गये होंगे। स्मरण शक्ति के परदे से सब दृश्य विलुप्त हो गये होंगे। याद दिलाने पर भी शायद उन्हें याद न आये।

पर मैं मेम साहब की वह जिरह नहीं भूल सका था।

किसी उत्सव की-सी भीड़ थी। वकील जब आपस में लड़ चुके और जज ने कोर्ट की कार्रवाई जारी रखने का आदेश दिया तो सरकारी वकील ने पूछा—आपने फिर क्या किया?

—मेरे एक हाथ में कस्टर्ड पाउडर का डिब्बा था और एक हाथ में ह्विस्की की बोतल। मैं बाहर खड़ी-खड़ी सब सुन रही थी। मेरा लड़का फ्रेडी को गाली बकने लगा था। फ्रेडी चुप खड़ा सुन रहा था।

—आपका लड़का फ्रेडी को क्यों गाली बक रहा था?

क्योंकि मेरा चरित्र खराब होने के कारण कॉलेज में लड़के उसका मजाक उड़ाते थे। इसलिए उसने एक बार मुझे मारने की भी कोशिश की थी।

—क्या आपका चरित्र खराब है?

—हाँ।

—क्या खराबी है?

—मैं इन्सान नहीं हूँ। मैं मुलजिम फ्रेडी के साथ एक बिस्तर पर सोती रही हूँ।

—पर फ्रेडी की उम्र तो आपके लड़के के बराबर है?

—इससे ज्यादा मैं कुछ नहीं कह पाऊँगी।

—उसके बाद?

—कई बार लज्जावश मैंने आत्महत्या करने की भी सोची पर कर नहीं सकी। कई बार रिवॉल्वर का निशाना अपने मस्तक पर लगाया पर ट्रिंगर नहीं दबा। साहस ही नहीं हुआ मरने का।

—उसके बाद?

—उसके बाद झगड़ा जब बहुत बढ़ गया तो मैं अन्दर घुस गयी, जाकर देखा मेरे लड़के ने रिवॉल्वर की नली नैन्सी की ओर कर रखी थी।

—क्यों, नैन्सी पर किस बात का गुस्सा था?

—नैन्सी पर उसकी नजर थी। मेरा ही तो लड़का था वह। उसका भी स्वभाव-चरित्र मेरे ही जैसा तो होना था। अपने को और नहीं रोक पायी मैं। हाथ की ह्विस्की की बोतल पास की टेबिल पर रखकर उसको पकड़ने दौड़ी।मुझे देखकर उसने रिवॉल्वर मेरी ओर कर दिया। शायद मुझे पर गोली भी चला देता पर फ्रेडी ने पकड़ लिया उसे। दोनों जने गुत्थमगुत्था हो रहे थे। फिर अचानक चार्ली फ्रेडी को गिराकर उसकी छाती पर चढ़ बैठा और मारने की कोशिश करने लगा। मैंने जल्दी से उसके हाथ से रिवॉल्वर छीन ली। चार्ली ने जब देखा कि रिवॉल्वर नहीं है तो उसने पास रखी ह्विस्की की बोतल उठा ली और जैसे ही फ्रेडी के सर पर मारने को हुआ मैंने रिवॉल्वर चला दिया।

—अपने लड़के पर आपने खुद गोली चला दी?

—हाँ।

अपने लड़के को मारने में आपको कोई हिचक नहीं हुई?

—नहीं।

—क्यों नहीं हुई?

—फ्रेडी के मारे जाने से मुझे ज्यादा ही दुःख होता—शायद···

—लड़के से ज्यादा आपको फ्रेडी प्यारा था?

—मैंने तो पहले ही कहा है कि मैं इन्सान नहीं हैवान हूँ। अपने स्वभाव के चलते बहुत दुःख पाया है मैंने; पर किसी भी तरह अपने स्वभाव को बदल नहीं सकी। आत्महत्या भी नहीं कर सकी। मैं नीच हूँ, दुश्चरित्रा हूँ। मैं पत्नी, माँ या आण्टी होने के योग्य नहीं हूँ—

कहते-कहते जँगले पर ही चक्कर खाकर गिर पड़ी थीं मेम साहब। अचानक रेनी की आवाज़ सुनकर मैं चौंक उठा।

—कौन?

कब निःशब्द रेनी पास आकर खड़ी हो गयी थी पता ही नहीं लगा था मुझे। बैठा सोच रहा था कि क्या करूँ? सोचते-सोचते फिर चाईबासा के कोर्ट में पहुँच गया था।

उस दिन की मेम साहब की स्वीकारोक्ति के सम्बन्ध में अनेकों बार गम्भीर रूप से सोचा है मैंने। किस कारण से उस दिन उन्होंने स्वयं की चरित्रहीनता सबके समक्ष स्वीकार की थी। क्यों सारा दोष अपने ऊपर लेकर फ्रेडी को बचाया था? वह अब तक नहीं समझ सका। अपने लड़के से अधिक फ्रेडी को उन्होंने अपना समझा था उस दिन। रक्त के सम्बन्ध से अधिक महत्त्वपूर्ण वह चार आँखों का खेल हो गया था क्या?

उस दिन सचमुच उनकी विकृत रुचि और अपने लड़के के विरुद्ध उनकी स्वीकारोक्ति की वह प्रेरणा मुझे अच्छी नहीं लगी थी। यह तो मैं सोच ही नहीं सकता था कि इतने लोगों के सामने मेम साहब अपने मन की इस नग्न कामना को इस तरह निरावरण कर देंगी। किसलिए किया था? किसके लिए किया था! किसके नफे-नुकसान की बात सोचकर ऐसा किया था उन्होंने? क्या फ्रेडी ही था इसके पीछे! और अगर फ्रेडी था तो मेम साहब ने क्या एक बार भी यह नहीं सोचा कि वह औरत होने के साथ-साथ दो बच्चों की माँ भी हैं। तो क्या यह मान लिया जाये कि स्त्री की कामना की प्रबलता उसके मातृत्व को भी भुला देती है?

मुझे याद है कि उस दिन रेनी भी बेहोश होकर गिर पड़ी थी! कोर्ट किसको सँभाले? मुजरिम को या मुजरिम की लड़की को?

यह भी याद है कि इसके बाद जितने दिन मुकदमा चलता रहा रेनी ने अपनी माँ का मुँह नहीं देखा।

जब अपील हुई थी तब भी रेनी नहीं गयी थी। मेम साहब की स्वीकारोक्ति के दिन से ही उसने माँ के बारे में, उसके भले-बुरे के बारे में

सोचना-विचारना बन्द कर दिया था। अकेली हो गयी थी वह। तब भी अकेली थी और यहाँ आकर देखा आज भी अकेली थी।

उसके बाद?

उसके बाद बहुत-कुछ हो गया था। कैपिटल पनिशमेण्ट (मृत्युदण्ड) हो गया था मेम साहब को। स्वेच्छा से सारा अपराध अपने ऊपर लेकर फ्रेडी को साफ बचा लिया था उन्होंने।

परन्तु उस समय क्या पता था कि कहानी अभी खत्म नहीं हुई थी।

आज पहली बार इस बात का अनुभव हुआ था कि मनुष्य के जीवन के सामने उसकी कल्पना भी हार मान जाती है। मैंने कभी सोचा भी नहीं था कि रेनी फिर से मेरे जीवन में इस प्रकार उपस्थित हो जायेगी आकर।

रेनी ने पूछा—अंकल, लगता है तुम इनके साथ नहीं जा रहे हो?

मैंने पूछा—तुम्हें कैसे पता लगा?

—बस तो तैयार है पर तुम्हारा बैग व बेडिंग यहीं पड़ा है अभी तक?

स्वीकार करते हुए मैंने कहा—तुमने ठीक ही समझा है। मैं सचमुच नहीं जा रहा। तुमसे एक बार मिलना जरूरी था इसीलिए पीछे रह गया हूँ।

—पर मुझसे मिलने में तुम्हारा क्या फायदा है अंकल?

—तुमने कहा था न कि यहाँ तुम्हारा जीवन अस्थिर हो उठा है, शान्ति के लिए तुम यहाँ आयी थीं, वही तुम्हें नहीं मिली? बट ह्वाई? ह्वाई आर यू अनहैप्पी?

—मुझे शान्ति नहीं मिली अपनी तकदीर के कारण, इसके लिए तुम क्या करोगे अंकल?

—तो फिर तुमने मुझसे वह सब क्यों कहा?

—गलती हो गयी! आगे से कभी नहीं कहूँगी। तुम नहीं आते तो और किसी से कहती भी नहीं—

—पर बताओ न, क्या दु:ख है तुम्हें? याद है मेरी इच्छा नहीं थी तुम्हारे चक्रधरपुर छोड़ने की!

—पर उसके अलावा उस समय चारा भी क्या था मेरे लिये। जिसकी माँ ऐसी हो उसकी गति और हो ही क्या सकती है?

—फिर यहाँ क्यों नहीं रह पा रही हो?

जरा देर चुप रही रेनी, फिर बोली—तुम मुझे यहाँ से अपने साथ ले जा सकते हो अंकल?

हँसी आ गयी मुझे। बोला—तुम बच्ची नहीं हो, अपनी मर्जी से जहाँ चाहो जा सकती हो। मेरी सहायता की क्या जरूरत है तुम्हें?

—जा तो सकती हूँ, पर कहाँ जाऊँ? कैसे जाऊँ? रुपया-पैसा भी तो नहीं है मेरे पास। कहीं जाने के लिए भी तो गाँठ में पैसा चाहिए—

—पैसे मैं दे सकता हूँ—

—पैसे कितने दोगे अंकल? उससे तो तुम मुझे अपने साथ ले चलो—

—कहाँ जाओगी?

—जहाँ भी कहो! जहाँ तुम ले जाओगे। अब तक अपनी इच्छानुसार चलती आयी हूँ। अब तुम्हारे कहे अनुसार चलूँगी—

—यह लोग तुम्हें रोकेंगे नहीं?

—रोकेंगे। पर अभी फादर वाट्सन सो रहे हैं। ऐसा सुयोग फिर नहीं मिलेगा। इसलिए सोचती हूँ तुम्हारे साथ ही निकल जाऊँ—

मैं सचमुच संकट में पड़ गया। अपने को कोसने लगा कि क्यों रुक गया। चला गया होता तो कम-से-कम इस झंझट में तो न पड़ता।

पर तब सोचने का समय नहीं था। उधर बस चलने को तैयार थी। अपनी-अपनी सीट लेने में इतने व्यस्त हो गये थे सब कि मेरी बात भूल ही गये थे।

मैं बोला—तुम अगर वास्तव में चलना चाहती हो तो चलो—

रेनी बोली—तुम चलो अंकल, मैं उधर से होकर आती हूँ, चुपके से चढ़ जाऊँगी बस में—

—पर किसी संकट में तो नहीं पड़ जाओगी?

—अभी तो स्कूल खुलने में बहुत देर है और फादर वाट्सन भी सो रहे हैं। ब्रेकफास्ट से पहले बाहर नहीं आयेंगे—

कहकर रेनी चली गयी। मैं सूटकेस उठाकर आउट हाउस से निकला। जल्दी करने की आवश्यकता थी। बस छूटने ही वाली थी। मैं पहुँचकर थोड़ी देर के लिए उसे रोक सकता था।

एक रात के लिए आश्रय लेना पड़ा था पर उन नौ-दस घण्टों में ही घट जानेवाली इस नाटकीय घटना की कल्पना कहाँ कर सकता था मैं।

चक्रधरपुर छोड़ देने के बाद सभी कुछ तो भूल गया था। मेम साहब चली गयी थीं, रेनी भी चक्रधरपुर छोड़ गयी थी और फ्रेडी के छूट जाने पर भी नैन्सी की गृहस्थी जलकर खाक हो गयी थी। दोनों साथ रहते हुए भी एक-दूसरे से कोसों दूर चले गये थे। उस मुकदमे ने नैन्सी को जैसे बिल्कुल धराशायी कर दिया था। लोगों को मुँह दिखाना बन्द कर दिया था उसने। और फ्रेडी? ऑफिस जाता क्योंकि जाये बिना चलता नहीं था, पर बस वहीं तक। बाहर निकलता तो लोग उँगली उठाकर बातें करते। उसके बाद एक दिन सुना कि नैन्सी फ्रेडी को छोड़कर अपने बाप के घर चली गयी। उड़ती खबर यह भी सुनी थी कि उनका तलाक हो गया है। झगड़ा तो उनमें प्रायः हो जाता था—पड़ोसी आमतौर पर सुनते और चर्चाएँ करते रहते थे।

कई बार झगड़े के बाद फ्रेडी रात को घर से निकल जाता। कहाँ जाता कोई नहीं जानता। कोई कहता कि स्टेशन के ओवर ब्रिज पर जाकर लेटा रहता। कोई कहता कि उसने उसे नदी किनारे अकेले घूमते देखा था।

पर उस अशान्ति का कारण कोई नहीं बता पाता।

तारक बाबू, नरसिंह बाबू कुतूहली प्रकृति के लोग थे। एक दिन आकर मुझसे पूछने लगे—क्या हुआ मोशाय, क्या बात है?

—मैं कैसे जान सकता हूँ? आप ही बताइये न?

—वो मेम साहब की लड़की? वह तो है! उसे कुछ नहीं मालूम?

—वह नहीं है!

—नहीं है मतलब?

—वह तो चली गयी है—

—चली गयी है? कहाँ चली गयी है? कब आयेगी?

—वह अब नहीं आयेगी।

—क्यों नहीं आयी? कहाँ गयी? किसके साथ गयी?

—कहा न, अब नहीं आयेगी वह। मुझे और कुछ नहीं मालूम।

उसके कुछ दिन बाद मकान-मालिक ने किसी गुजराती परिवार को मकान किराये पर उठा दिया था। नये-नये बदली होकर चक्रधरपुर आये थे बिलासपुर से वह लोग।

और उसके बाद मैं भी वहाँ से चला आया था हमेशा के लिए। फिर मुझे खबर नहीं मिली वहाँ की। आज इतने दिन बाद यहाँ इस जंगल में फिर से नाटक का सूत्र पकड़ना पड़ेगा यह तो मैंने स्वप्न में भी नहीं सोचा था।

बस पर जा ही रहा था कि आउट हाउस की तरफ से फादर वाट्सन आते दिखायी दिये। दिल धक् से रह गया। तो क्या फादर को सब-कुछ पता लग गया है?

कल रात को अँधेरे में अच्छी तरह से चेहरा नहीं देख पाया था। पर अनुमान से वही लग रहे थे।

मेरे पास आकर फादर ने पूछा—तुम नहीं जा रहे हो?

—अब जा रहा हूँ—

—पर बस तो जाने को तैयार है।

—मैं अभी जा रहा हूँ फादर!

फादर वाट्सन ने पूछा—तुम लोगों को किसी तरह की तकलीफ तो नहीं हुई रात को?

—नहीं, आपको बहुत धन्यवाद!

—तुम क्या किसी का इन्तजार कर रहे हो?

क्या जवाब दूँ समझ नहीं पाया मैं।

फादर ने पूछा—मुझसे कुछ कहना चाहते हो?

बोला—नहीं, धन्यवाद देने के अलावा और कुछ कहने को नहीं है। रात को इतने लोगों को आपने आश्रय दिया, आपका असीम अनुग्रह था—

—अनुग्रह की कोई बात नहीं है, हमारा यह चर्च मनुष्य की सेवा के लिए ही बना है।

—पर हम लोग तो क्रिश्चियन नहीं हैं, इसलिए कह रहा हूँ—

फादर ने कहा—हमारे लिये क्रिश्चियन, हिन्दू, मुसलमान सब एक हैं, हम मानवता के सेवक हैं। वो सर्व मैन!

और देर करने का समय नहीं था। सूटकेस उठाकर चलनेवाला ही था कि फादर की आवाज सुनकर चौंक पड़ा—कहाँ जा रही हो तुम?

घूमकर देखा रेनी थी। कपड़े बदल आयी थी। बिल्कुल सादी नागरिक पोशाक। शरीर पर रंगीन फ्राक, पाँव में जूते-मोजे और हाथ में बैग। उसी अवस्था में फादर के सामने पड़ गयी थी वह।

डर लगने लगा मुझे।

पर रेनी शायद इसके लिए तैयार होकर आयी थी। मेरे पास आकर बोली—चलो अंकल, हमें देर हो रही है—

फादर वाट्सन का चेहरा गुस्से से लाल हो गया। चीखकर बोले—कहाँ जा रही हो रेनी?

रेनी बोली—मैं चर्च छोड़कर जा रही हूँ फादर···

—ह्वाट? विस्मित होकर पूछा फादर ने—जा रही हो इसका मतलब? कहाँ जा रही हो? एण्ड ह्वाई···

जहाँ मर्जी जा रही हूँ—

—जहाँ मर्जी हो जा रही हो इसका मतलब? मेरी अनुमति लेने की आवश्यकता भी नहीं समझी तुमने?

—अब अनुमति माँग रही हूँ, आप सो रहे थे इसलिए अनुमति लेने के लिए जगाया नहीं। अनुमति लेने के लिए रुकती तो बस चली जाती और फिर मेरा जाना नहीं होता।

फिर मेरी ओर देखकर बोली—और मेरे यह अंकल भी चले जाते।

—यह तुम्हारे अंकल हैं?

आँखें निकालकर फादर ने कहा—पर जानती हो कि मैं तुम्हारा जाना रोक सकता हूँ?

—आप जो भी कहिये मुझे तो जाना ही है।

—मेरी बात नहीं मानोगी?

—नहीं।

—जानती हो मैं इस कान्वेण्ट का हेड हूँ। यहाँ मेरी बात ही कानून है। यहाँ सबको मेरी आज्ञानुसार चलना पड़ता है।

सिर ऊँचा करके रेनी ने कहा—अब से मैं आपके कानून की सीमा से बाहर हूँ। मैं यहाँ से सारे सम्पर्क-सम्बन्ध तोड़कर जा रही हूँ। अब आप मुझे यहाँ रोककर नहीं रख सकते। एण्ड फादर आई हैव नो कम्लेण्ट अगेन्स्ट एनी बडी!

रेनी के करीब आकर फादर बोले—रेनी, तुम इस समय बहुत उत्तेजित हो; अन्दर चलो, तुमसे बातें करनी हैं!

—नहीं आपको जो कुछ भी कहना है यहीं सबके सामने कहिये। मैं अन्दर नहीं जाऊँगी।

—तुम्हें हम लोगों ने क्या कष्ट दिया है?

कोई कष्ट नहीं दिया? खाने-पहनने का कष्ट ही क्या सब-कुछ है? मन नाम की कोई चीज नहीं है क्या? संसार में मेरा कोई नहीं है इसलिए क्या मेरा अपना भी कुछ नहीं है? मैं कुछ नहीं हूँ? आप क्यों आये यहाँ? यहाँ आये बिना रहा नहीं गया आपसे। मेरा जी जलाये बिना आपको चैन नहीं पड़ रहा था? माँ-बाप-भाई सब तो खो दिये मैंने। इसके बाद यहाँ भी मुझे चैन से नहीं रहने देंगे? आप क्या यही चाहते हैं कि मैं आत्महत्या कर लूँ?

एक साँस में इतनी बातें कहकर रेनी हाँफने लगी। फिर मेरी ओर देखकर बोली—आओ, चलो अंकल, बस चली जायेगी—

—सुनो तो—

पीछे से आवाज दी फादर ने।

उस दिन मेरे जैसे एक बाहरी आदमी के सामने मिशन के दो व्यक्तियों का आपस में लड़ना फादर को अच्छा नहीं लगा। विशेषकर तब जबकि एक जना मिशन का कर्त्ता-धर्त्ता था और एक सामान्य नन।

और फिर न तो मैं उनके समाज का था और न मिशन का कोई। कहाँ सात समुद्र पार से आनेवाले चन्दे से इनका सेवा-धर्म चलता है। समाज संसार से दूर रहकर यह लोग कष्टसाध्य व्रत पालन करते हैं। फिर इनमें ऐसी कलह ऐसा विवाद क्यों यह भी मेरी समझ में नहीं आया।

पर रेनी ने जैसे मन में बिल्कुल तय कर लिया था। घूमकर बोली कहिये, क्या है?

—इस तरह मिशन का कानून तोड़ना क्या तुम्हारे लिये उचित है? फादर का स्वर अपेक्षाकृत नरम था इस बार।

जवाब में रेनी ने कहा—कानून मानकर चलने के लिए ही तो यहाँ आयी थी, फिर क्यों आपने मुझसे कानून तुड़वाया?

हैरान हो गये फादर। बोले—कह क्या रही हो तुम? मैंने कब तुमसे कानून तोड़ने को कहा है।

—मुँह से तो आपने नहीं कहा, पर काम से मुझे कानून तोड़ने पर मजबूर किया है। मैं तो अपनी माँ की मृत्यु की बात भूल ही जाना चाहती थी, आपने क्यों याद दिला दी फिर से?

चुप रह गये फादर वाट्सन। मैं भी बात का अर्थ समझ नहीं पाया। दोनों के बीच में बोलने का अधिकार न होने के कारण भी मैं चुप ही खड़ा रहा।

फिर फादर बोले—तो फिर मैं ही चला जाता हूँ यहाँ से—तुम क्यों जाओगी?

—नहीं आप रहिये, मैं ही चली जाती हूँ—

—नहीं तुम रहो, मुझे ही जाना होगा—

—मैंने तो आपका रास्ता रोका नहीं है। आप जाना चाहते हैं चले जाइये पर मैं अब यहाँ नहीं रहूँगी—

—कहाँ जाओगी?

—कहाँ जाऊँगी यह तो मैं भी नहीं जानती। उस दिन चक्रधरपुर से चलने के समय जिस प्रकार नहीं जानती थी कि कहाँ जाऊँगी, उसी प्रकार आज भी नहीं जानती—

—पर एक बार फिर सोचकर देखो, तुम ही बता जाओ कि मिशन के हेडक्वार्टर को क्या जवाब दूँगा? क्या कारण बताऊँगा उन्हें?

—कह दीजियेगा आपकी बात न मानकर कानून भंग करके चली गयी मैं।

इसीलिए तो कह रहा हूँ कि मुझे इस परिस्थिति से बचा लो, मुझे ही कहीं चला जाने दो, जहाँ होगा मैं ही अपना मुँह छिपाये रहूँगा।

अचानक रेनी चीखकर बोली—पर फादर, मैं भी तो इन्सान हूँ, मुझे भी तो जिन्दा रहने की इच्छा होती है। मैं क्या खुशी से यहाँ आयी थी या खुशी से यहाँ से जा रही हूँ—

फादर जैसे आर्तनाद कर उठे। बोले—पर यह तो बताओ कि इसमें मेरा क्या अपराध है? क्या मेरा यहाँ आना ही अपराध हो गया? मेरे यहाँ आने

के बाद से तुमने कभी एक बात नहीं की मुझसे? मुझे अगर यह पता होता कि मुझे देखकर इस तरह व्यवहार करोगी तो क्या मैं यहाँ आता?

—पर मैं ही क्या करूँ? अपनी तकदीर को दोष देने के अलावा और तो कोई उपाय है नहीं—

—पर मेरा अनुरोध है कि तुम यहीं रहो। कम-से-कम मेरा मुँह रखने के लिए तो रहो ही—

—नहीं मैं जा रही हूँ—चलो अंकल—

मेरी ओर देखकर फादर बोले—जेण्टिलमैन आप रेनी को जाने को मना कीजिये। अब वह मेरी बात नहीं सुनेगी, आपकी मानेगी—

मैंने कहा—मैं क्या करूँ। इस मामले में मेरे करने को तो कुछ है नहीं—

रेनी बोली—अंकल के कहने से भी अब मैं यहाँ नहीं रुकूँगी। आपने मेरी माँ का खून किया है आप मर्डरर हैं, खूनी हैं, मैं किसी की बात नहीं सुनूँगी—

कहकर मेरा हाथ पकड़ लिया। बोली—चलो अंकल, हम लोग चलें—और मेरा हाथ खींचते-खींचते बस पर ले गयी। बस छूटने को ही थी। उधर रेनी और फादर के झगड़े की आवाज सुनकर कान्वेण्ट के लोग भी इकट्ठा हो गये थे। कुछ विद्यार्थियों की नींद भी खुल गयी थी। सब लोगों की विस्मित दृष्टि के सामने हम बस पर चढ़ गये।

और बस छूट गयी।

बस चल रही थी। मैं रेनी से बार-बार पूछ रहा था—यह तुमने क्या किया। फादर वाट्सन के साथ लड़ने की क्या जरूरत थी? क्या किया है उन्होंने?

पर रेनी ने कोई बात नहीं की थी। सारे रास्ते चुप ही बैठी रही थी वह। मेरी एक भी बात का जवाब नहीं दिया था उसने। सब-कुछ मुझे रहस्यमय-सा लग रहा था। मैं क्या लगता था रेनी का जो वह इस तरह मेरे साथ चली आयी थी? मैं तो उसका कोई नहीं था।

जहाँ बस रुकी अड्डे पर वहाँ से होटल तक पैदल ही जाना था। कुली सामान लेकर चलने लगे ऊपर की तरफ।

सोचा यह क्या मुसीबत गले पड़ गयी? आया था अकेला; एक जने का बोझ और पड़ गया। और केवल रेनी का बोझा नहीं था बल्कि चिन्ता का बोझा उससे अधिक था।

कैसे मिटेगी यह चिन्ता? क्यों भार उठाऊँ इसका? पर इससे बचने का भी तो कोई उपाय नहीं दिखायी देता।

आजकल कितनी तरह के बोझ मनुष्य के कन्धे पर पड़ने लगे हैं। मेरे पूर्वजों की चौदहवीं पीढ़ी ने भी इनकी कल्पना नहीं की होगी। प्रतिदिन सुबह अखबार आने के साथ-साथ ये हमारे मन पर जमते हैं। और एक-पर-एक जमते-जमते इतने अधिक हो जाते हैं कि और कोई नया बोझा उठाने का साहस नहीं रह जाता। आयु के जिस सोपान पर मैं हूँ वह तो बोझ उतारने की उम्र होती है।

किसी निष्कर्ष पर पहुँचने के लिए बार-बार पूछ रहा था—तुम लोगों का झगड़ा किस बात पर है? तुम्हारी क्या क्षति की थी फादर ने।

पर रेनी ने तो जैसे चुप्पी साध ली थी। रात गुजर गयी ऐसे ही आकाश-पाताल सोचते-सोचते।

कमरा काफी बड़ा था। अलग-अलग दो पलँग बिछे थे। दूसरा फर्नीचर भी था। रेनी निश्चिन्त सो रही थी अपने पलँग पर। पर मेरी आँखों में नींद नहीं थी। एक दिन रेनी की माँ की समस्या ने मुझे इसी प्रकार विचलित किया था। और आज इतने साल बाद फिर बेटी की समस्या मुझे विचलित कर रही थी।

रात खत्म होने को थी कि दरवाजे पर खटखटाहट हुई।

मैंने पूछा—कौन? कौन है?

बेयरा बोला—टेलीफोन काल है बाबूजी—

टेलीफोन काल! मुझे टेलीफोन करनेवाला कौन हो सकता है यहाँ मैं तो नया हूँ यहाँ और मैं यहाँ हूँ यह तो किसी को भी पता नहीं।

जल्दी-जल्दी ऑफिस पहुँचा। राजपुर कान्वेण्ट से फोन था।

उधर से प्रश्न आया—वहाँ मेथोडिस्ट चर्च की नन रेनी है?

आवाज किसी मेम साहब की लगी।

पूछा—आप कहाँ से बोल रही हैं।

—राजपुर मेथोडिस्ट चर्च कान्वेण्ट से।

—है, अभी बुला देता हूँ।

जल्दी से जाकर रेनी को उठाया। हड़बड़ाकर उठ बैठी वह। भय से काँप उठी।

बोली—क्या हुआ अंकल?

—टेलीफोन पर बुला रहे हैं तुम्हें।

—कौन?

—राजपुर मेथोडिस्ट चर्च से अर्जेण्ट काल है। मसूरी के सारे होटलों में टेलीफोन करने के बाद यहाँ तुम मिली हो। चलो—

पहले तो वह टेलीफोन पर बात करना ही नहीं चाहती थी। सोच रही थी फादर वाट्सन का फोन होगा।

बोली—शायद मुझे वापस आने को कहेंगे। तुम कह दो अंकल मैं किसी भी तरह वहाँ लौटकर नहीं जाऊँगी। हजार बार बुलाने पर भी नहीं जाऊँगी—वरन् चलो आज ही हम मसूरी छोड़कर चले जायें कहीं। यहाँ रहने से वह लोग डिस्टर्ब करते रहेंगे—

मैंने कहा—पर टेलीफोन पर बात करने में क्या हर्ज है। तुम्हें जबर्दस्ती तो वे ले नहीं जायेंगे—

उनके साथ तो बात करने में भी घिन लगती है मुझे—वह बोली—नहीं तुम ही कह दो मेरी तरफ से।

अन्त में बड़ी मुश्किल से समझा-बुझाकर तैयार किया उसे। जब उसने टेलफोन उठाया तो मैं पास ही खड़ा था।

—हैं?

जाने क्या खबर थी कि सुनकर रेनी चौंक उठी।

—कब? रात को ही? मेरे चले आने के बाद?

एक साथ कई प्रश्न कर डाले उसने। कुछ भी नहीं समझ पाया मैं।

रेनी के टेलीफोन रखते ही मैंने पूछा—क्या हुआ? किसका टेलीफोन था? फादर का?

जवाब देना चाहते हुए भी जैसे जवाब दे नहीं पायी वह। पलभर में ही उसका मुँह सूख गया था। शून्य दृष्टि से मेरी ओर देखती कुछ क्षण वह खड़ी रही। उसकी उस दृष्टि का अर्थ ढूँढ़ने का प्रयत्न करता मैं भी खड़ा रहा, पर व्यर्थ।

अन्त में हारकर मैंने ही फिर पूछा—क्या हुआ रेनी, कुछ मुझे भी तो बताओ?

इस बार वह बोली—जल्दी से तैयार हो जाओ अंकल, हमें अभी मसूरी छोड़कर जाना होगा—

तब भी मैं कुछ नहीं समझ पाया। फिर पूछा—आखिर ऐसी भी बात क्या है।

पर बिना कोई जवाब दिये जल्दी से कमरे में जाकर वह तैयार हो गयी और बोली—चलो अंकल चलो, समय नहीं है, जल्दी करो, जल्दी से एक टैक्सी मँगाने को कह दो होटलवालों को—

मुझे याद है रेनी ने ढंग से बात भी नहीं की थी उस समय मुझसे। जैसे मैं कुछ भी नहीं था। यह तो समझ गया था कि वह जल्दी-से-जल्दी मसूरी छोड़कर कहीं दूर चली जाना चाहती थी। पर क्यों? यह जानने का कोई उपाय नहीं था।

मैंने पूछा भी—पर तुमने बताया नहीं टेलीफोन किसका था? फादर वाट्सन का?

बोली—नहीं।

—तो फिर?

—कोई और था।

—क्या कह रहा था।

—फादर वाट्सन ने आत्महत्या कर ली है—

सुनकर सिहर उठा मैं।

—यह क्या? क्यों? कहाँ? कब?

—मेरे आने के थोड़ी देर बाद ही।

—आत्महत्या क्यों कर ली?

—यह कोई नहीं जानता। मेरे चले आने के बाद उन्होंने किसी के साथ कोई बात नहीं की। अपने कमरे में जाकर दरवाजा बन्द कर लिया था।

फादर वाट्सन को जीवन में सुख नहीं मिला कभी। अब मरने के बाद ही सुख-शान्ति मिल जाये तो भी अच्छा है।

मैंने पूछा—कैसे आत्महत्या की?

उन लोगों को कुछ भी नहीं मालूम परन्तु सन्देह कर रहे हैं कि उन्होंने पोटैशियम साइनाइड खाया है।

—तो क्या तुम्हारे कारण आत्महत्या की है?

—मालूम नहीं, हो सकता है ऐसा ही हो—

—पर तुम्हारे साथ क्या सम्बन्ध है इसका? और फिर तुम ही क्यों चली आयी? तुम्हारी माँ की मृत्यु के साथ फादर का क्या सम्बन्ध है?

मेरे प्रश्न सुनकर उसने मेरे मुँह की ओर देखा फिर बोली—तुम फादर वाट्सन को नहीं पहचानते?

—नहीं, मैंने तो उन्हें यहीं पहली बार देखा है—

—नहीं, पहले भी मिले हो तुम उनसे—

मिला हूँ? मैं कहाँ मिलता भला उनसे? उस दिन रात को खड़ा तुम्हारी प्रतीक्षा कर रहा था तभी तो पहली बार देखा था उन्होंने मुझे—

—जानते हो, बड़े भले आदमी थे फादर।

—अगर भले आदमी थे तो उनके साथ झगड़ा क्यों किया तुमने?

टैक्सी तेजी से भाग रही थी। रेनी कुछ अन्यमनस्क-सी हो गयी थी।

कुछ देर बाद मेरे प्रश्न का उत्तर देते हुए बोली—मैंने जीवनभर उन्हें क्षमा नहीं किया और मरने पर भी नहीं करूँगी—

वह जैसे अपने-आपसे बातें कर रही थी।

फिर कुछ देर रुककर बोली—मैं किसके सहारे जिन्दा रहूँ अंकल? मैंने तो बस एक शेल्टर चाही थी, एक आश्रय और कुछ भी नहीं, वह आश्रय भी खत्म कर देना चाहते थे फादर वाट्सन। मानो मेरा सर्वनाश किये बिना उन्हें चैन नहीं पड़ रहा था—

—क्यों क्या बिगाड़ा था तुमने उनका?

मैं देख रहा था कि रेनी ने अंट-शंट बकना शुरू कर दिया था। पहले तो वह ऐसी नहीं थी। चक्रधरपुर में तो उसके मुँह से बातें भी नहीं

निकलती थीं। हमेशा चुप बनी रहती थी। पर अब कितनी बदल गयी थी वह!

जिस रास्ते गये थे उसी से लौट रहे थे। कान्वेण्ट के पास आते ही पूछा मैंने—उतरोगी यहाँ?

गुस्सा आ गया रेनी को। बोली—किसलिए उतरूँगी?

—फादर वाट्सन ने स्विसाइड किया है, एक बार देख आना उचित नहीं होगा क्या?

—नहीं—गाड़ी मत रोकना—

कान्वेण्ट के सामने पहुँचते ही लोगों की भीड़ दिखायी दी। इसी बीच खबर दूर-दूर तक फैल गयी थी। अन्दर काफी लोग रहते थे और फिर बोर्डिंग में रहनेवाले विद्यार्थी भी थे। दूर गाँवों के भी काफी लोग थे। सभी दुःखी थे।

फादर की आत्महत्या से चर्च के नित्य नैमित्तिक कार्य में बाधा पड़ गयी थी। एक रात के आश्रय से उनके प्रभाव का प्रमाण मुझे मिल चुका था पर उनके साथ जो रहस्य जुड़ा था वह अभी भी नहीं खुला था।

आया तो था घूमने और पड़ गया एक नाटक के रहस्य जाल में।

रेनी की ओर देखा। गम्भीर-मुख अन्यमनस्क-सी बैठी थी वह। कल से बहुत-सी बातें कही थीं उसने पर अब जैसे सारी बातें समाप्त हो गयी थीं। उसे देखकर तो ऐसा ही लग रहा था। जैसे आर्ट गैलरी से कोई मूर्ति आकर टैक्सी में बैठ गयी हो।

मैंने कहा—मैं देहरादून से सीधा कलकत्ता लौट जाऊँगा—

—कलकत्ता पहुँचकर तुम मुझे छोड़ देना अंकल और तंग नहीं करूँगी मैं तुम्हें।

—पर कलकत्ते में तुम रहोगी कहाँ?

—डरो मत तुमसे आश्रय नहीं मागूँगी। कुछ-न-कुछ इन्तजाम मैं अपने लिये कर ही लूँगी।

—क्या इन्तजाम कर लोगी?

—वहाँ रेलवे के बहुत-से लोग मेरी जान-पहचान के हैं, उनके पास जाने पर कुछ-न-कुछ तो हो ही जायेगा।

—पर वह तो जैसे खुद को लहरों के बीच डूब जाने को छोड़ देना है। इस तरह जीवनभर भटकना क्या अच्छा है?

—देखो। लेट अस सी!

कहकर फिर चुप हो गयी रेनी। मैं भी सोचने लगा। मेरे ऊपर निर्भर करके जो लड़की सब-कुछ छोड़कर चल पड़ी है उसको कलकत्ते में मैं कहाँ रखूँगा यही चिन्ता मुझे खाये जा रही थी। अपने पास रखना असम्भव था। किसी ऐंग्लो-इण्डियन मित्र की याद करने लगा। कोई ऐसा होना चाहिए जिसके पास इसे छोड़कर निश्चिन्त हो सकूँ।

पर ऐसा विश्वास योग्य परिचित व्यक्ति कौन हो सकता था?

गाड़ी नीचे उतर रही थी।

अचानक रेनी बोली—अंकल गाड़ी रोको—

हैरान होकर मैंने पूछा—क्या हुआ?

—मैं जरा वहाँ हो आऊँ।

—कहाँ?

—अपने मिशन में। इतनी बड़ी दुर्घटना हो गयी, मुझे खबर भी दी उन लोगों ने, नहीं जाना खराब लगेगा।

—ठीक तो है—

गाड़ी घुमायी गयी फिर से। कान्वेण्ट की इमारत काफी पीछे छूट गयी थी।

कान्वेण्ट के सामने गाड़ी रुकी तो देखा कि भीड़ और ज्यादा हो गयी थी। इस आकस्मिक घटना से सभी स्तम्भित थे।

रेनी गाड़ी से उतर गयी और बोली—तुम ठहरो अंकल, मैं गयी और आयी बस, सबसे मिलकर चली आऊँगी—

कहकर रेनी अन्दर चली गयी और मैं टैक्सी में ही बैठा रहा।

उस समय क्या पता था कि यही घटना एक दिन मेरी कहानी का विषय बन जायेगी।

कुछ देर बाद रेनी दौड़ती हुई आयी और बोली—अंकल।

उसका चेहरा देखकर एक बार फिर विस्मित हो जाना पड़ा। आँखों में आँसू भरे थे उसकी।

बोला—क्या हुआ, बैठो गाड़ी में—

—नहीं अंकल, मेरा बैग दे दो, मैं नहीं जा पाऊँगी तुम्हारे साथ—

—पर…

—हाँ फादर की आत्महत्या से यहाँ सब गड़बड़ हो गया है। मेरे बिना काम नहीं चलेगा—

—पर फादर वाट्सन ने आत्महत्या क्यों की? कुछ पता चला?

—जीवन में कभी शान्ति नहीं मिली थी उन्हें इसीलिए वे किसी दूसरे को भी शान्ति से नहीं रहने देना चाहते थे। विशेषकर नैन्सी के छोड़कर चले जाने के बाद—

—नैन्सी! नैन्सी किसे छोड़कर चली गयी थी?

—इन्हीं फादर वाट्सन को—

—क्या कह रही हो तुम, मेरी कुछ भी समझ में नहीं आ रहा। फादर वाट्सन के साथ नैन्सी का क्या सम्पर्क था?

—फादर वाट्सन ही तो फ्रेडी था। आल्फ्रेड—

किसी ने जैसे मुझे आकाश से नीचे गिरा दिया।

रेनी आगे कहने लगी—वह आघात पाकर ही तो फ्रेडी मिशन में चला आया था। फिर यहाँ आकर इस चर्च का भार सँभाल लिया था।

मैंने कहा—पर तुम्हारे साथ उसका क्या झगड़ा था रेनी?

वह बोली—मेरी माँ की मृत्यु के लिए जो व्यक्ति जिम्मेदार था उसे मैं कैसे बर्दाश्त करती, तुम्हीं बताओ अंकल? कैसे उसके साथ एक छत के नीचे रहती? कैसे माफ कर सकती थी मैं उसे?

कहकर रुकी नहीं रेनी। उसके आवेग का बाँध एकबारगी ही टूट गया। बोली—मैं चलती हूँ अंकल। अभी पुलिस आ जायेगी, बहुत-से झंझट निपटाने होंगे हम लोगों को—

कहकर बैग उठाकर वह अन्दर जाने लगी।

मैंने पीछे से पुकारा—रेनी एक बात सुन जाओ—

वह लौट आयी। आने पर मैंने पूछा—फ्रेडी तो आल्फ्रेड डी'सा था, वाट्सन कैसे हो गया?

—उसकी माँ ने बाद को खड़गपुर में मिस्टर वाट्सन से विवाह कर लिया था—

कहकर द्रुत कदमों से अन्दर अदृश्य हो गयी वह।

पत्थर की मूर्ति की तरह ज्यों-का-त्यों बैठा रह गया मैं। इस पटाक्षेप की तो कल्पना भी नहीं थी मुझे।

मुझे इस तरह चुप बैठे देखकर टैक्सी ड्राइवर ने कहा—जायेंगे साहब?

—हाँ चलो।

और टैक्सी के पहियों के नीचे से सड़क पीछे फिसलने लगी।